# 一起唱学古诗词

上册

王光明 编著

山东教育出版社

·济南·

**图书在版编目（CIP）数据**

一起唱学古诗词 / 王光明编著. — 济南 ：山东教
育出版社，2021.12

ISBN 978-7-5701-1912-7

Ⅰ. ①一… Ⅱ. ①王… Ⅲ. ①古典诗歌 - 诗歌欣
赏 - 中国 - 青少年读物 Ⅳ. ①I207.2-49

中国版本图书馆CIP数据核字(2021)第254905号

YIQI CHANG XUE GU SHICI

一起唱学古诗词

王光明　编著

主管单位：山东出版传媒股份有限公司

出版发行：山东教育出版社

（济南市市中区二环南路2066号4区1号　　邮编：250003）

电 话 ：（0531）82092660　　传真：（0531）82092625

网 址 ：sjs.com.cn

印 刷 ：山东新华印务有限公司

版 次 ：2021 年 12月 第 1 版

印 次 ：2021 年 12月 第 1 次

开 本 ：787毫米 x 1092毫米　　　1/16

印 张 ：17.75

字 数 ：210千

定 价 ：88.00元

# 前　言

　　中国是一个诗词的国度，名篇佳作浩如烟海。学习优秀的古诗词不仅可以积累知识、提高学养，而且也可以得到艺术的感染和美的熏陶。

　　为了帮助少年儿童更好地学习古诗词，我们为130首经典诗词配上了美妙的乐曲，为诗词插上了音乐的翅膀，让文字变得不再枯燥，少年儿童从此可以轻轻松松地"唱学古诗词"。

　　这些诗词歌曲最大的特点是主旋律全部采用中国五声音阶创作，而且遵循"依字行腔"的基本规律，注重音乐旋律与诗词韵律的完美统一，让少年儿童通过优美的音乐去感受诗词独特的艺术魅力。

　　中国五声音阶分别为宫、商、角、徵、羽，唐代时工尺谱记为合、四、乙、尺、工，这五个音也叫作"五声正音"。六声音阶和七声音阶都是在五声音阶的基础上加上其他音而成，其他所加的音被称为"偏音"。中国文化讲求"以和为美"，正音听起来更加和谐、平和，因此五声正音创作的音乐更具中国传统神韵，且旋律琅琅上口，便于传唱。

　　本书除包含130首经典诗词歌曲外，还增加了"华艺寻根堂"系列国学歌曲其他专辑的部分作品，如《三字经》《百家姓》《千字文》《弟子规》《声律启蒙》等。

　　"华艺寻根堂"快乐国学系列读本旨在通过喜闻乐见的方式，帮助少年儿童把中华国学经典唱出来、蕴含的知识挖掘出来，以达到丰富知识、启迪智慧的目的，并在学习中收获快乐，这也顺应了当前素质教育发展的趋势。

编　者

# 目 录

诗言志，歌永言，声依永，律和声。

——《尚书·舜典》

# 江 南①

[汉] 汉乐府

江 南 可 采 莲， 莲 叶 何② 田 田③。
鱼 戏④ 莲 叶 间。
鱼 戏 莲 叶 东， 鱼 戏 莲 叶 西，
鱼 戏 莲 叶 南， 鱼 戏 莲 叶 北。

## 说字解词

① **江南**：泛指长江中下游地区的南部，主要指今天浙江省的中北部以及安徽、江苏两省的南部地区。

② **何**：如此，多么。

③ **田田**：形容荷叶繁茂、数量多的样子。

④ **戏**：玩耍，嬉戏。

## 诗情画意

　　江南可以采莲，莲叶繁茂地连成一片。鱼儿在莲叶间游来游去，玩耍嬉戏。它们一会儿嬉戏到莲叶的东边，一会儿嬉戏到莲叶的西边，一会儿又嬉戏到莲叶的南边，一会儿又嬉戏到了莲叶的北边。

# 江 南

[汉] 汉乐府 词

王光明 曲

♩ = 75

1=D 4/4

```
3·  5 3 1   2 —  | 6·  1 2  3 5 3  —  | 6 5  3 2  2 3 1   1 — |
江 南 可 采 莲，      莲 叶 何 田 田。        鱼 戏  莲 叶  间。

3· 2 3 5 3   —  | 2· 3 2 1 2   —  | 6 5  3 2  2 3 5   —  | 2· 3 2 1 2 1   1 — ‖
鱼 戏 莲 叶 东，      鱼 戏 莲 叶 西，      鱼 戏  莲 叶  南，      鱼 戏 莲 叶 北。
```

## 诗乐和鸣

　　这首乐府诗描写了鱼儿在水中嬉戏玩耍的场景，作者用鱼儿在茂盛的荷叶下嬉戏的场面来衬托采莲人的喜悦心情。音乐的结构由一个三句式乐段和一个起承转合的四句式乐段组成。以八音盒和竹笛对主旋律进行点缀，表现了轻快活泼的音乐风格，听后使人心情愉悦。

# 长歌行①

[汉] 汉乐府

青青园中葵②，朝露待日晞③。
阳春布④德泽，万物生光辉。
常恐秋节至，焜黄华⑤叶⑥衰。
百川东到海，何时复西归？
少壮不努力，老大徒⑦伤悲。

## 说字解词

① 长歌行：汉乐府中的曲调名。这首诗选自《乐府诗集》卷三十，属《相和歌辞》中的平调曲。
② 葵：中国古代常见的蔬菜之一，又称作冬葵菜。
③ 晞：晾晒，晒干。
④ 布：布施，洒满。
⑤ 焜黄：草木凋落、枯黄的样子。
⑥ 华：同"花"。
⑦ 徒：白白地。

## 诗情画意

　　园子中生长的葵菜郁郁葱葱，朝阳慢慢晒干了葵叶上的晨露。春天将温暖和雨露洒满大地，世间的万物也因此有了生机和光泽。但是我常常担心秋天的到来，让万物凋零，花叶枯黄。无数的大江大河奔腾向东流入大海，不知何时才能再次流回西方？人们在青春年少时不懂得珍惜时光奋发向上，等到老年时，就只能白白地悔恨和悲伤了。

# 长歌行

[汉] 汉乐府 词

王光明 曲

♩ = 70

1=D 4/4

| 5 5 3 5 2 — | 1 2 1 6̣ 2 — | 5 6 5 3 2 | 2 3 6̣ 1 2 — |

青 青 园 中 葵， 朝 露 待 日 晞。 阳 春 布 德 泽， 万 物 生 光 辉。

| 5 5 3 5 2 — | 1 2 5 3 2 — | 5 6 5 3 2 |

常 恐 秋 节 至， 焜 黄 华 叶 衰。 百 川 东 到 海，

| 2 3 2 6̣ 1 — | 5̣ 3 2 1 2 | 2 3 6̣ 2 1 — |

何 时 复 西 归？ 少 壮 不 努 力， 老 大 徒 伤 悲。

## 诗乐和鸣

　　这首古体诗是以园中的葵菜和东流入海的百川之水作比喻，表达了作者劝诫风华正茂的青少年应当珍惜眼前美好时光，努力奋斗，积极向上。音乐旋律舒缓，节奏稳健，采用分节歌的形式进行创作，形成了鲜明的音乐特色。

# 七步诗

[三国] 曹 植

煮 豆 持<sup>①</sup> 作 羹<sup>②</sup>， 漉<sup>③</sup> 菽<sup>④</sup> 以 为 汁。
萁<sup>⑤</sup> 在 釜<sup>⑥</sup> 下 燃， 豆 在 釜 中 泣<sup>⑦</sup>。
本<sup>⑧</sup> 自 同 根 生， 相 煎<sup>⑨</sup> 何 太 急<sup>⑩</sup>？

## 说字解词

① **持**：用来，用以。

② **羹**：肉或菜的汤，此处指代豆汁。

③ **漉**：过滤。

④ **菽**：豆子。

⑤ **萁**：豆茎，豆秆。

⑥ **釜**：锅。

⑦ **泣**：小声地哭。

⑧ **本**：原来，原本。

⑨ **相煎**：煎熬，这里指相互迫害。

⑩ **何太急**：何必如此急迫。

## 诗情画意

　　烹煮豆子来做豆羹，豆秆在锅底下燃烧，豆子则在锅里面伤心地哭泣。豆子和豆秆本来是同一条根上生长出来的，豆秆为何还要对豆子如此急迫地煎熬呢？

# 七步诗

[三国] 曹 植 词

王光明 曲

♩ = 78

1=D 4/4

5· 5 3 5 6 5 — | 6· 1 6 5 3 2 — | 2· 1 2 3 5 5 3 2 |

煮 豆 持 作 羹， 漉 菽 以 为 汁。 其 在 釜 下 燃，

4

2· 3 2 6 2 1 — | 5· 6 1 2 3 — | 2· 3 2 1 2 1 — ‖

豆 在 釜 中 泣。 本 自 同 根 生， 相 煎 何 太 急？

## 诗乐和鸣

　　这是一首脍炙人口的咏物古体诗，运用了比兴的手法进行创作，表达了诗人对骨肉相残的悲愤与无奈。音乐在筚篥带有萧瑟感的下行分解和弦伴奏下，陶埙的哀婉旋律为音乐塑造了鲜明的风格特征，表达出诗人内心的悲凉。

# 饮 酒（其五）

[晋] 陶渊明

结庐①在人境，而无车马喧②。
问君何能尔？心远地自偏。
采菊东篱下，悠然③见南山。
山气日夕④佳，飞鸟相与还⑤。
此中有真意，欲辨已忘言。

## 说字解词

① 结庐：建造住宅，这里指居住。

② 车马喧：指世俗的喧扰。

③ 悠然：自在的样子。

④ 日夕：傍晚。

⑤ 相与还：结伴而归。

## 诗情画意

　　我居住在闹市，却感受不到尘世的喧嚣。你问我是如何做到的？只要心志高远，自然就会觉得所处的地方清幽僻静。在东篱之下采摘菊花，悠然间，欣赏南山胜景之绝妙。山中的气息与傍晚的景色相得益彰并分外怡人，暮色中一群飞鸟结伴而归。这里面蕴含着人生的真正意义，想要辨识，却又不知如何表达。

# 饮 酒（其五）

[晋] 陶渊明 词

王光明 曲

♩ = 75

1=D 2/4

```
3 3 3 2 | 3  2 1 | 2 6̣ | 1 -  | 3 3 3 2 | 3  2 1 | 2 5 | 3 - |
```

结庐在人境，而无车马 喧。 问君何能 尔？心远地自 偏。

```
3 5 5 3 | 5  6 5 | 3  2 3 | 1 -  | 6̣ 1 2 3 | 2  2 1 | 2 3 |
```

采菊东篱下，悠然见南 山。 山气日夕佳，飞鸟相与

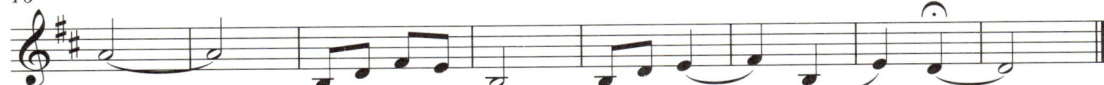

```
5 - | 5 - | 6̣ 1 3 2 | 6̣ -  | 6̣ 1 2  3 6̣ | 2  1 | 1 - |
```

还。 此中有真意， 欲辨已 忘 言。

## 诗乐和鸣

这是一首抒情言志的古体诗。音乐曲调悠扬洒脱，追求返璞归真，具有鲜明的艺术特征。乐曲配器简洁自然，使整首歌曲彰显出一种朴实无华的音乐风格，表达出了陶渊明悠然自得并超然物外的豁达心境。

009

# 敕勒歌

[南北朝] 北朝民歌

敕勒川①，阴山②下。
天似穹庐③，笼盖四野。
天苍苍④，野茫茫⑤，
风吹草低见⑥牛羊。

## 说字解词

① **敕勒川**：古地名，在现在的甘肃、内蒙古一带。川，在这里是平原、平川的意思。
② **阴山**：山脉名，位于内蒙古自治区中部和河北省北部，山势连绵一千二百余千米。
③ **穹庐**：用毡布搭成的帐篷，即蒙古包。
④ **苍苍**：深青色。
⑤ **茫茫**：辽阔无垠的样子。
⑥ **见**：同"现"，呈现，显露出来。

## 诗情画意

美丽辽阔的敕勒大草原，坐落于阴山的山脚下。天空好像一顶圆圆的帐篷，笼罩着整个草原大地。深青色的天空无边无际，碧绿的草原茫茫无尽。风儿吹过，青草起伏，显露出隐没于草丛中的成群肥硕的牛羊。

# 敕勒歌

[南北朝] 北朝民歌 词

王光明 曲

♩ = 100

1=D 4/4

6 656 3 321 1 | 2·3 5 1 6i 6 — | 5·6 5 12 — |
敕 勒 川，阴 山 下。 天 似 穹 庐， 笼 盖 四 野。

6·13 2 3 — | 6 563 — | 2·3 21 2 12 | 1 - - - ‖
天 苍 苍， 野 茫 茫， 风 吹 草 低 见 牛 羊。

## 诗乐和鸣

　　这是一首著名的北朝民歌，在歌颂北国草原壮丽优美的自然风光和富饶物产的同时，抒发了敕勒人对家乡和美好生活的热爱之情。音乐中马头琴的音色搭配主、副旋律中所包含的蒙古长调旋律，赋予了本首歌曲北方草原鲜明的地域特色。

# 咏① 鹅

[唐] 骆宾王

鹅，鹅，鹅，
曲项②向天歌③。
白毛浮④绿水，
红掌拨⑤清波。

## 说字解词

① **咏**：原意为歌唱，此处指用诗歌来赞美。
② **曲项**：弯着脖子。曲，此处作动词用，弯着，曲着。项，脖颈。
③ **歌**：长鸣。
④ **浮**：漂浮。
⑤ **拨**：拨动，划动。

## 诗情画意

　　白鹅正弯曲着脖子向着天空唱歌，洁白的羽毛漂浮在碧绿的水面，一双红色的脚掌正轻轻地拨动着青色的水波。

# 咏 鹅

[唐] 骆宾王 词

王光明 曲

1=D 4/4

| 3 | 6 | 5 | — | 3 5 6 i | 5 | — |
|---|---|---|---|---|---|---|

鹅， 鹅， 鹅， 曲 项 向 天 歌。

| 5· 6 5· 6 5 3 | 2 | 6 1 5 3 2 | 1 | — |
|---|---|---|---|---|

白 毛 浮 绿 水， 红 掌 拨 清 波。

## 诗乐和鸣

　　这是一首咏物的五言古体诗。诗歌从一个儿童的视角去描写白鹅在水中游动嬉戏的场景，表现了诗人看到白鹅时的喜悦心情。乐曲中弦乐跳跃性的拨弦演奏和均分的节奏形态，成为了全曲最重要的律动特征。在前奏和间奏中，流水声和鹅叫声的点缀也增加了音乐的场景代入感。

# 风

[唐] 李 峤

解落①三秋②叶，
能开③二月花。
过④江千尺浪，
入竹万竿斜⑤。

## 说字解词

① **解落**：解开，散落。
② **三秋**：秋季，这里指农历九月。
③ **开**：此处为使动用法，"使……开"的意思。
④ **过**：吹过，经过。
⑤ **斜**：倾斜，向着一边倾倒。

## 诗情画意

　　风能吹落深秋的树叶，能吹开初春的花朵。风吹过大江的水面可以卷起千尺高的巨浪，吹进竹林能让万棵翠竹随风倾斜。

# 风

[唐] 李　峤 词

王光明 曲

♩ = 85

1=D 4/4

| 3 | 5 | 6 3 | 5 | | 2 3 | 2 1 | 2 | — | |
解　　落　　三　秋　　叶，　　能　开　　二　月　　花。

| 6 | 1 | 2 3 | 5 | | 2 1 | 6 2 | 1 | — | |
过　　江　　千　尺　　浪，　　入　竹　　万　竿　　斜。

## 诗乐和鸣

　　这是一首咏物的五言绝句。通篇没有用一个"风"字，也没有直接去描写风的姿态和特点，却让我们感受到了风的无处不在和它的强大力量，由此反映出了大自然的神奇。音乐采用多种旋律和乐器的演奏方式对风的形象进行了刻画。扬琴和小打击乐器的旋律做点缀也展现出了鲜明的音乐风格，增强了乐曲的层次感。

# 咏柳

[唐] 贺知章

碧玉①妆成②一树高，
万条垂下绿丝绦③。
不知细叶谁裁④出，
二月春风似⑤剪刀。

## 说字解词

① **碧玉**：原指一种碧绿色的玉，这里比喻早春时节嫩绿的柳叶。
② **妆成**：装饰，打扮。
③ **丝绦**：用丝线编织而成的绳带，为古人身上的装饰物，此处指细软的柳枝。
④ **裁**：裁剪。
⑤ **似**：好像，恰似。

## 诗情画意

　　一棵高大的柳树如同用碧玉装扮而成的一样，轻柔的柳枝垂下来，就像万条轻轻飘动的绿色丝带。不知道这细嫩的枝叶是谁裁剪出来的，也许是二月里和煦的春风这把灵巧的"剪刀"吧。

# 咏 柳

[唐] 贺知章 词

王光明 曲

♩ = 77

1=D 4/4

$\underline{\dot{1} \quad \underline{6 \quad 5}} \quad \underline{6 \quad \dot{1}} \quad \underline{3 \quad 6} \quad 5 \quad | \quad 5 \cdot \quad \underline{6} \quad \underline{\dot{1} \quad \dot{2}} \quad \underline{3 \quad 6} \quad 5 \quad |$

碧　玉　妆　成　一　树　高，　万　条　垂　下　绿　丝　绦。

3

$\underline{5 \quad \underline{5 \quad 6}} \quad \underline{\dot{1} \quad 6} \quad \underline{5 \quad 6} \quad 3 \quad | \quad 2 \cdot \quad \underline{3} \quad \underline{5 \quad 3} \quad \underline{2 \quad \underline{6}} \quad 1 \quad \|$

不　知　细　叶　谁　裁　出，　二　月　春　风　似　剪　刀。

### 诗乐和鸣

　　这是一首借描写柳树来赞美春天的七言绝句，表达了作者对美好春天的热爱。音乐的律动轻快悠扬，运用了独具特色的舞曲节奏。竹笛的辅助旋律与主旋律相呼应，巧妙地描绘出了垂柳的优美姿态和春天的勃勃生机。

# 回乡偶书①

[唐] 贺知章

少小②离家老大③回，
乡音无改鬓毛④衰⑤。
儿童相见不相识，
笑问客⑥从何处来。

## 说字解词

① **偶书**：随手写下来。

② **少小**：年少的时候。

③ **老大**：此处指年纪老了的时候。

④ **鬓毛**：额角两边靠近耳朵的须发。

⑤ **衰**：稀疏，苍白。

⑥ **客**：外来的客人。

## 诗情画意

　　我在年少时离开家乡，如今年纪大了才回来。虽然家乡的口音一直没有改变，但是岁月已染白了我两鬓的须发。家乡的小孩子看见我都不认识了，还笑着问我是从什么地方来到这里的。

# 回乡偶书

[唐] 贺知章 词

王光明 曲

♩ = 55

1=D 4/4

1· 1 6 5 6 1 2 3 2 | 3· 5 3 2 1 2 2 3 2 |

少 小 离 家 老 大 回， 乡 音 无 改 鬓 毛 衰。

3· 5 6 i 6 5 6 3 | 2· 3 2 3 2 1 2 1 |

儿 童 相 见 不 相 识， 笑 问 客 从 何 处 来。

## 诗乐和鸣

这是一首表达归乡感怀之情的七言绝句，描写了诗人长年客居在外，年老时返回故里的情景。乐曲中箫的副旋律不仅对诗歌的情感进行了烘托，而且也结合着古筝主旋律，进一步增强了音乐的艺术性，把诗人久别归乡的复杂心情表现得丰富、细腻。

# 凉州词①

[唐] 王之涣

黄河远上②白云间，
一片孤城万仞③山。
羌笛④何须⑤怨杨柳⑥，
春风不度⑦玉门关⑧。

## 说字解词

① 凉州词：唐代乐府《凉州歌》的唱词，原为凉州(今甘肃省武威市)一带的歌曲，主要描写的是当地的边陲风光和战争生活。

② 远上：远远地遥望。

③ 万仞：形容极高。万，虚词，形容多。仞，古时长度单位，七尺或八尺为一仞。

④ 羌笛：古代的一种管乐器。

⑤ 何须：何必，无须。

⑥ 杨柳：指乐府《折杨柳》曲，曲调悲凉。古人在送别友人时，也常常折柳枝相赠，以表挽留之情。

⑦ 度：吹过，越过。

⑧ 玉门关：古代关城名，汉武帝时所设，位于今甘肃敦煌西北。

## 诗情画意

　　滔滔黄河向远方奔流而去，仿佛直上白云之间，一座孤城背后是巍峨的万丈高山。又何必用羌笛吹奏那悲凉的曲子《折杨柳》？和煦的春风是吹不过玉门关的。

# 凉州词

[唐] 王之涣 词

王光明 曲

♩ = 114

1=D 4/4

| 5· | 6 | 1 | 6 | 1 | 2 | 3 | 2· | 3 | 2 | 1 | 6 | 1 | 2 |

黄　河　远　上　白　云　间，　一　片　孤　城　万　仞　山。

3

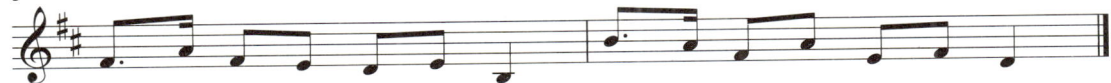

| 3· | 5 | 3 | 2 | 1 | 2 | 6 | 6· | 5 | 3 | 5 | 2 | 3 | 1 |

羌　笛　何　须　怨　杨　柳，　春　风　不　度　玉　门　关。

## 诗乐和鸣

　　这是一首苍凉悲壮的边塞诗。诗歌全景式描写了边塞的荒凉景象，由此衬托出戍守边疆将士们的思乡之情。音乐中箫和陶埙婉转起伏的长线条旋律营造出了一种悲凉哀婉的音乐氛围。

# 登鹳雀楼

[唐] 王之涣

白日①依②山尽③，
黄河入海流。
欲穷④千里目，
更⑤上一层楼。

### 说字解词

① 白日：即将落山的夕阳。

② 依：靠着。

③ 尽：消失。

④ 穷：穷尽，达到极限。

⑤ 更：还需要，再。

### 诗情画意

夕阳依傍着群山慢慢地落下，滔滔黄河朝着大海汹涌奔流。若想看到千里以外更远的风景，那就要再登上更高的一层楼。

# 登鹳雀楼

[唐] 王之涣 词

王光明 曲

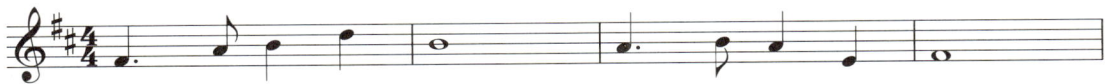

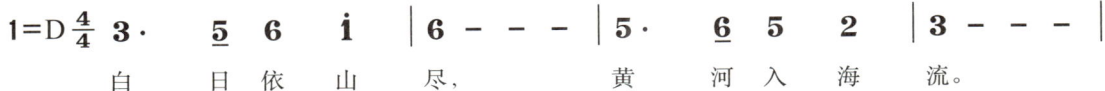

1=D 4/4

3·  5 6  i  | 6 - - - | 5·  6 5  2  | 3 - - - |

白　日　依　山　尽，　黄　河　入　海　流。

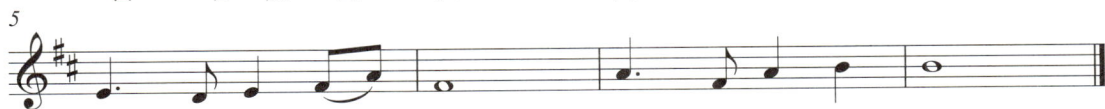

2·  1 2  3 5  | 3 - - - | 5·  3 5  6  | 6 - - - ‖

欲　穷　千　里　目，　更　上　一　层　楼。

### 诗乐和鸣

　　这是一首寓理于事的五言绝句，描写了诗人登上鹳雀楼观望万里山河时的内心感悟，表达了盛唐文人积极向上的进取精神。音乐通过苍劲稳健的节奏和舒缓起伏的旋律，描绘了夕阳下黄河奔流的壮阔景象。

023

# 春 晓①

[唐] 孟浩然

春 眠 不 觉② 晓，
处 处 闻 啼 鸟③。
夜 来 风 雨 声，
花 落 知 多 少④。

① **春晓**：春日的早晨。晓，天刚亮。

② **不觉**：不知不觉。

③ **啼鸟**：鸟儿的鸣叫声。

④ **知多少**：不知道有多少，形容非常多。

**诗情画意**

春日里在美梦中酣睡，不知不觉天色已经大亮。从睡梦中慢慢醒来，听到窗外到处都是鸟儿的鸣叫声。记起昨夜风雨交加，也不知道窗外的花儿掉落了多少。

# 春 晓

[唐] 孟浩然 词

王光明 曲

♩ = 68

1=D 4/4

i  5  3 6  5  | i  i  i  2  5  — |

春 眠 不 觉 晓， 处 处 闻 啼 鸟。

6  i  5 3  5  | 2·  5  2  3  | 1 — — — ‖

夜 来 风 雨 声， 花 落 知 多 少。

## 诗乐和鸣

　　这是一首描写春日晨景的诗，表达了作者对美好春天的热爱和怜惜之情。音乐整体节奏鲜明，旋律悠扬。竹笛和中国打击乐器的搭配更是节奏感十足，表现了春天万物复苏的勃勃生机。

# 宿建德江

[唐] 孟浩然

移 舟 泊①烟 渚②，
日 暮 客③愁 新④。
野 旷 天 低 树⑤，
江 清 月 近⑥人 。

## 说字解词

① **泊**：停船靠岸。
② **烟渚**：烟雾迷蒙的水中小沙洲。
③ **客**：指诗人自己。
④ **愁新**：新的愁绪。
⑤ **天低树**：天幕低垂，好像和树木相连。
⑥ **近**：亲近。

## 诗情画意

将行船停靠在烟雾迷蒙的小洲边，夜幕中漂泊他乡的旅人又增添了几分愁绪。旷野无边无际，远处的天空显得比树木还要低沉。江水平静清澈，月色映照下来，感觉月亮与人更为亲近了。

# 宿建德江

[唐] 孟浩然 词

王光明 曲

♩ = 102

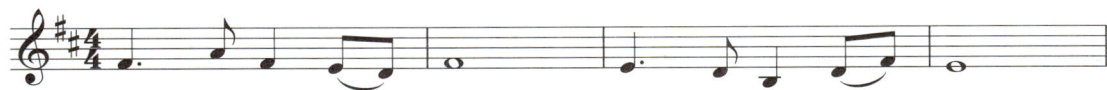

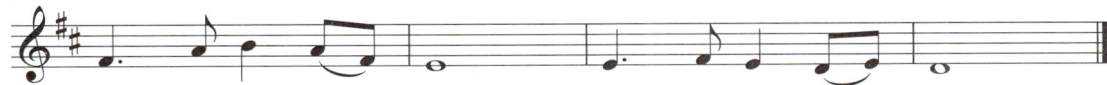

```
1=D 4/4   3· 5 3  2 1 | 3 - - - | 2· 1 6̣ 1̣ 3 | 2 - - - |
          移  舟 泊  烟 渚，   日     暮 客 愁    新。

5
          3· 5 6  5 3 | 2 - - - | 2· 3 2  1 2 | 1 - - - ‖
          野  旷 天  低 树，   江     清 月 近    人。
```

## 诗乐和鸣

　　这首五言绝句以舟泊暮宿为背景，表达了诗人的羁旅思乡之情。乐曲节奏舒缓，曲调深沉。钢琴与箫的旋律完美结合，表达了诗人独在异乡的孤独与寂寥。

# 过故人庄①

[唐] 孟浩然

故人具②鸡黍，　邀我至田家。
绿树村边合③，　青山郭④外斜⑤。
开⑥轩面场圃，　把酒⑦话桑麻。
待到重阳日，　还⑧来就菊花。

## 说字解词

① **故人庄**：老朋友的田庄。

② **具**：准备，置办。

③ **合**：环绕。

④ **郭**：古代城墙有内外两重，内为城，外为郭，这里指村庄的外墙。

⑤ **斜**：倾斜。古音读xiá。

⑥ **开**：打开，开启。

⑦ **把酒**：端着酒具，指饮酒。

⑧ **还（huán）**：返，来。

## 诗情画意

　　老友备好了米饭和鸡肉等丰盛的美食，热情地邀请我到他的田舍做客。翠绿的树林围绕着村庄，城郭外尽是峰峦叠嶂的青山。推开窗户面对的都是谷场菜园，把酒对饮时闲谈的也都是耕作和桑麻。等到九九重阳节的时候，再请君来这里一同饮酒赏菊。

# 过故人庄

[唐] 孟浩然 词

王光明 曲

♩ = 80

1=D 4/4

```
5    6    5  3  2  3  —  | 6̣  1  6̣  5    2    —  |
故    人    具 鸡 黍 圃,    邀  我  至  田    家。
开    轩    面 场 圃,      把  酒  话  桑    麻。
```

3

```
2·  1  2  3  2  2 1  6̣  | 2  2 1  6̣  1 2  1  —  ‖
绿    树    村 边 合,      青  山  郭  外  斜。
待    到    重 阳 日,      还  来  就  菊  花。
```

## 诗乐和鸣

这是一首描写田园生活的五言律诗，表达了诗人对田园美景的喜爱和对乡村闲适生活的向往。这首音乐的整体结构采用起承转合的四句式结构。弦乐的拨弦贯穿始终以烘托气氛，使得整音乐曲的旋律非常地活泼舒畅。

029

# 凉州词

[唐] 王 翰

葡 萄 美 酒 夜 光 杯①，
欲 饮 琵 琶 马 上 催②。
醉 卧 沙 场③君 莫 笑，
古 来 征 战④几 人 回？

## 说字解词

① **夜光杯**：此处指精美的酒杯。
② **催**：催促战士们去征战。
③ **沙场**：战场。
④ **征战**：出征打仗。

## 诗情画意

　　葡萄美酒散发着浓郁的芳香，斟满了精美的酒杯。大家刚要开怀畅饮，突然传来了催人征战的琵琶声。若是醉卧在战场上请不要笑我，自古以来征战沙场的将士们又有几个能够平安归来的？

# 凉州词

[唐] 王 翰 词

王光明 曲

♩ = 55

1=D 4/4  3· 2 3 6 5 3 2 3 | 2 2 2 3 5 5 6 3 — |

葡 萄 美 酒 夜 光 杯， 欲 饮 琵 琶 马 上 催。

2· 1 2 3 5 2 3 2 | 5 5 5 3 5 6 6 — |

醉 卧 沙 场 君 莫 笑， 古 来 征 战 几 人 回？

## 诗乐和鸣

　　这是一首著名的边塞诗，描写了边塞将士们出征前开怀畅饮的场景。音乐曲风铿锵有力，前奏与间奏中男声合唱的低沉旋律和中国大鼓苍劲浑厚的节奏，将整首歌曲的气氛烘托了出来，表现出将士们在战场上视死如归的悲壮情绪。

# 出 塞

[唐] 王昌龄

秦 时 明 月 汉 时 关①，
万 里 长 征②人 未 还。
但 使③龙 城 飞 将④在，
不 教⑤胡 马⑥度 阴 山⑦。

## 说字解词

① 关：关口，关城。
② 长征：到远方作战。
③ 但使：若是，只要。
④ 龙城飞将：汉朝名将李广，这里指英勇善战的将领。
⑤ 不教：不使。
⑥ 胡马：胡人的兵马。胡，古时人们对北方少数民族的一种称呼。
⑦ 阴山：即阴山山脉，在今内蒙古自治区中部和河北省北部。

## 诗情画意

　　眼前依然可以看到秦汉时期的明月和关城，可是远征万里来戍守边关的将士们却很少有人能返回家乡。如果曾经能够抵御敌人的名将还在的话，他们绝不会让匈奴骑兵越过阴山。

# 出 塞

[唐] 王昌龄 词

王光明 曲

♩= 110

1=D 4/4  6· 5 6 i | 6 5 3 6 — | 3· 5 6 i | 6 5 2 3 — |

秦　时　明　月　汉　时　关，　万　里　长　征　人　未　还。

2· 1 2 3 | 5 6 5 3 — | 2· 3 5 3 | 5 6 6 — ‖

但　使　龙　城　飞　将　在，　不　教　胡　马　度　阴　山。

## 诗乐和鸣

　　这是一首著名的边塞诗，描绘了一幅冷月照边关的场景图。诗歌在描写边塞战争残酷的同时，也表达了诗人内心对忠勇良将的渴望。音乐中弦乐以极具动力性的顿弓演奏贯穿全曲，定音鼓急促的节奏也为整首乐曲烘托了气氛，表现了边塞战争场景的豪迈雄壮。

# 芙蓉楼①送辛渐

[唐] 王昌龄

寒雨②连江③夜入吴，
平明送客楚山④孤⑤。
洛阳亲友如相问，
一片冰心⑥在玉壶。

## 说字解词

① **芙蓉楼**：在今江苏省镇江市。
② **寒雨**：深秋时节冰冷的雨水。
③ **连江**：与江面连成一片，形容雨很大。
④ **楚山**：泛指长江中下游北岸的山。
⑤ **孤**：凄冷孤苦。
⑥ **冰心**：心如冰一般洁净，比喻人的高洁品行。

## 诗情画意

迷蒙的烟雨，一夜间洒遍吴地江天。清晨送别了好友，只留下孤寂的楚山矗立在那里。如果远在洛阳的亲友向你问起我，请告诉他们我的品格依然高洁纯净如初。

034

# 芙蓉楼送辛渐

[唐] 王昌龄 词

王光明 曲

♩ = 110

1=D 4/4

1·  2 3 5 | 3 2 3 - | 2· 3 2 1 | 6̣ 1 2 - |

寒　雨　连　江　夜　入　吴，　平　明　送　客　楚　山　孤。

5

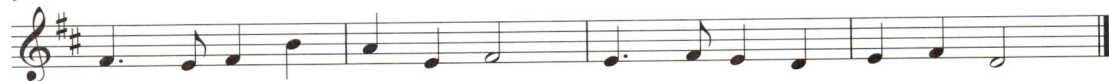

3·  2 3 6 | 5 2 3 - | 2· 3 2 1 | 2 3 1 - ‖

洛　阳　亲　友　如　相　问，　一　片　冰　心　在　玉　壶。

## 诗乐和鸣

这是一首送别诗，其最大特点是作者没有抒发过多对好友的眷念之情，而是借此抒发自己崇高的志向来表达对亲友的深厚感情和对自己所处境遇的不满与无奈。音乐的曲调厚重哀婉，其中钢琴和竹笛略带伤感的旋律，将诗人送别好友时的复杂心情衬托了出来。

# 采莲曲

[唐] 王昌龄

荷 叶 罗 裙 一 色 裁①，
芙 蓉② 向 脸 两 边 开。
乱 入③ 池 中 看 不 见，
闻 歌④ 始 觉⑤ 有 人 来。

## 说字解词

① **一色裁**：像是用同一颜色的布料剪裁的。

② **芙蓉**：指荷花。

③ **乱入**：混入，融入。

④ **闻歌**：听到歌声。

⑤ **始觉**：才知道。

## 诗情画意

　　姑娘碧绿的罗裙跟荷叶的颜色一模一样，就好像用同一颜色的布料剪裁而成。姑娘红润的脸庞犹如绽放的荷花。小船荡入荷塘之中，人与荷花已难以分辨，直到听到了歌声才发觉是有人过来了。

# 采莲曲

[唐] 王昌龄 词

王光明 曲

♩ = 95

1=D 4/4

```
5 6 5 6 i  i 6 | 5 - - - | 6 i 6 5 3 | 2 3 | 2 - - - |
荷 叶 罗 裙 一 色  裁，      芙 蓉 向 脸 两 边   开。
```

```
2· 3 2 3 | 5 5 3 2 - | 2 3 2 3 2 6 2 | 1 - - - ‖
乱  入 池 中 看 不 见，   闻 歌 始 觉 有 人  来。
```

## 诗乐和鸣

这是一首描写美丽采莲少女的诗。音乐中竹笛悠扬的长线条旋律伴随着扬琴所演奏的急促且持续性的下行音阶，表现了水面上波光粼粼的美妙场景，让人听后有一种身临其境之感。

# 从军行

[唐] 王昌龄

青海①长云②暗雪山，
孤城遥望玉门关③。
黄沙百战穿④金甲⑤，
不破楼兰⑥终不还。

## 说字解词

① 青海：即青海湖，在今青海省西宁市西面。

② 长云：连绵不断的云。

③ 玉门关：在今甘肃省敦煌市。

④ 穿：磨破。

⑤ 金甲：金属制成的盔甲。

⑥ 楼兰：古地名，指汉时西域的鄯善国，在现在的新疆境内，这里指外族敌人。

## 诗情画意

青海湖上空的乌云遮暗了巍峨的雪山，站在这座孤城之上可以望见远处雄伟的玉门关。在大漠的风沙之中，戍边将士的铠甲都已被磨穿，但是不打败敌军誓不回还。

# 从军行

[唐] 王昌龄 词

王光明 曲

1=D 4/4

6· 5 3 5 | 3 2 1 3 — | 2 2 2 3 5 5 6 | 3 — — — |

青　海长云暗雪山，　孤城遥望玉门　关。

2· 3 2 1 | 2 3 5 — | 6 5 3 5 3 2 3 | 1 — — — ‖

黄　沙百战穿金甲，　不破楼兰终不　还。

## 诗乐和鸣

　　这是一首充满豪情壮志的边塞诗，表现了戍守边疆将士们的昂扬斗志和热血报国的坚定信念。音乐曲风慷慨激昂，感情悲壮。竹笛和箫的高亢旋律，以及伴着沉重打击乐的低沉男声合唱，表现出了边塞将士内心的深沉豪迈。

# 鹿柴[①]

[唐] 王 维

空山不见人，
但[②]闻人语响。
返景[③]入深林，
复[④]照青苔上。

① **鹿柴（zhài）**：辋川一带的风景名胜，诗人晚年隐居于此。

② **但**：只。

③ **返景（yǐng）**：同"返影"，指返照的阳光。

④ **复**：又一次。

幽静空旷的山中看不到一个人影，只是偶尔隐隐听见有人说话的声音。夕阳的余晖照到幽静的密林深处，映照在地面的青苔上。

# 鹿 柴

[唐] 王 维 词

王光明 曲

♩ = 103

1=D 4/4

5· 6 5 3 5 2 — | 2· 3 5 6 1 — |

空 山 不 见 人， 但 闻 人 语 响。

3

1· 6 5 3 5 6 5 | 2 3 5 3 2 3 1 — ‖

返 景 入 深 林， 复 照 青 苔 上。

## 诗乐和鸣

　　这首诗描写了傍晚幽静空旷的山林在光影交织下的场景，表现了一种"有声的寂静，有光的幽暗"的意境，诗人以此表达自己淡泊名利、超然物外的心境。音乐旋律恬静舒缓，钢琴八度叠置的音程与古筝的主旋律交相呼应。若隐若现的扬琴旋律和竹笛装饰性的旋律相互配合，表现了山林间清旷幽深的美妙场景。

# 送元二①使②安西③

[唐] 王 维

渭城④朝雨⑤浥⑥轻尘，
客舍⑦青青柳色新。
劝君更⑧尽⑨一杯酒，
西出阳关⑩无故人。

## 说字解词

① 元二：诗人的朋友，姓元，家族排行第二。

② 使：出使。

③ 安西：指唐朝安西都护府，治所在龟兹，即今新疆维吾尔自治区库车附近。

④ 渭城：即秦时咸阳城，汉代改称渭城，在今西安市西北渭水北岸。

⑤ 朝雨：清晨的细雨。

⑥ 浥：湿润。

⑦ 客舍：旅舍，驿馆。

⑧ 更：再。

⑨ 尽：喝完。

⑩ 阳关：位于甘肃省敦煌市西南一带，是古代通往西域的重要关隘。

## 诗情画意

　　清晨的细雨湿润了渭城的土地，客舍周围的柳树也显得格外清新翠绿。真心地劝君再饮一杯美酒，因为从这里向西走出阳关之后，就再难遇上老朋友了。

# 送元二使安西

[唐] 王 维 词

王光明 曲

♩ = 80

1=D 4/4

5 5 3 5 3 2 1 2 | 3 - - - | 6 i 6 5 1 2 | 3 - - - |

渭 城 朝 雨 浥 轻 尘， 客 舍 青 青 柳 色 新。

2· 1 2 3 | 5 5 6 5 - | 3 3 3 5 3 2 3 | 1 - - - ‖

劝 君 更 尽 一 杯 酒， 西 出 阳 关 无 故 人。

## 诗乐和鸣

这是一首经典的送别诗，具有极强的艺术感染力，表达了诗人送别好友的依依不舍之情。乐曲的创作灵感来源于古曲《阳关三叠》，曲调哀婉绵长，节奏平缓。音乐中古琴与箫的旋律交织在一起，为作品增添了些许沧桑与厚重。

# 九月九日<sup>①</sup> 忆山东<sup>②</sup> 兄弟

[唐] 王 维

独在异乡为异客<sup>③</sup>，
每逢佳节倍<sup>④</sup>思亲。
遥知<sup>⑤</sup>兄弟登高处，
遍插茱萸<sup>⑥</sup>少一人。

## 说字解词

① **九月九日**：这里指农历九月初九重阳节。

② **山东**：华山以东，此处指作者的故乡。

③ **异客**：生活在他乡的人。

④ **倍**：加倍，更加。

⑤ **遥知**：远远地想到。

⑥ **茱萸**：一种香气浓郁的植物，古时人们认为重阳节插戴茱萸可以避灾克邪。

## 诗情画意

独自一人漂泊在外、客居他乡，每逢佳节内心不由更加思念远方的亲人。远远地想到兄弟们此时一定都登上了高处，当他们身插茱萸共度重阳之时，却唯独少了我这个客居在外的漂泊之人。

044

# 九月九日忆山东兄弟

[唐]王 维 词

王光明 曲

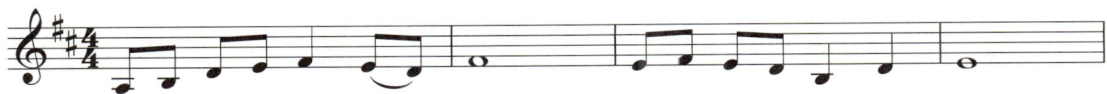

$\bf 1=D \frac{4}{4}$

$\underline{\underset{\cdot}{5}}$ $\underline{\underset{\cdot}{6}}$ $\underline{1\ 2}$ 3 $\widehat{\underline{2}\ 1}$ | 3 - - - | $\underline{2\ 3}$ $\underline{2\ 1}$ $\underset{\cdot}{6}$ 1 | 2 - - - |

独 在 异 乡 为 异　客，　　　每 逢 佳 节 倍 思　亲。

3· $\underline{5}$ 6 5 | 1 2 $\underset{\cdot}{6}$ - | $\underline{2\ 3}$ $\underline{2\ 3}$ $\underset{\cdot}{6}$ 2 | 1 - - - ‖

遥 知 兄 弟 登 高　处，　　遍 插 茱 萸 少 一　人。

## 诗乐和鸣

　　这是一首表达怀乡之情的七言绝句。本诗通过对诗人想象的描写，表达了他对家乡的亲人和朋友的思念之情。音乐曲调平和，优美抒情。由弦乐的震音与箫的旋律作为音乐的开端，为整首乐曲营造出一种虚幻缥缈的意境，给人以无限遐想。

# 山居秋暝

[唐] 王 维

空山①新雨后， 天气晚来秋。
明月松间照， 清泉石上流。
竹喧归浣女②， 莲动下渔舟。
随意春芳③歇④， 王孙⑤自可留。

## 说字解词

① **空山**：空旷的山林。

② **浣（huàn）女**：洗衣服的女子。

③ **春芳**：春天的花草。

④ **歇**：消散。

⑤ **王孙**：古代贵族子弟的通称。

## 诗情画意

空旷的山林刚刚沐浴了一场秋雨，夜晚的寒凉更让人感到了丝丝秋意。皎洁的月光从松林间洒落下来，清澈的泉水在山石上涓涓流淌。竹林喧响，原来是洗衣服的姑娘们都已归来。荷叶轻摇，想是上游荡下了晚归的渔舟。春日的芳菲任它随意消散，眼前的景色足以让人流连忘返。

# 山居秋暝

[唐] 王 维 词

王光明 曲

♩ = 110

1=D  4/4

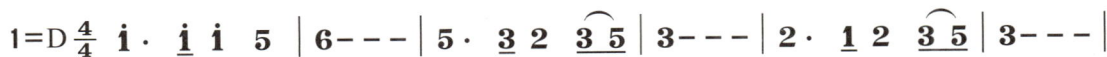

i· i i 5 | 6 - - - | 5· 3 2 35 | 3 - - - | 2· 12 35 | 3 - - - |
空  山 新 雨 后，  天 气 晚 来 秋。  明 月 松 间 照，

5· 35 6 | 6 - - - | i· 65 i | 6 - - - | 5· 65 25 |
清  泉 石 上 流。  竹 喧 归 浣 女，  莲 动 下 渔

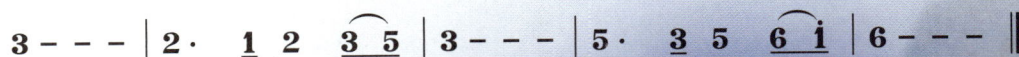

3 - - - | 2· 12 35 | 3 - - - | 5· 35 6i | 6 - - - ‖
舟。  随 意 春 芳 歇，  王 孙 自 可 留。

## 诗乐和鸣

这是一首著名的山水诗，在诗情画意之中表达了诗人高洁的情怀和对理想境界的不懈追求。音乐曲调悠扬婉转，节奏沉稳。竹笛的副旋律与古筝的主旋律相辅相成，但又各具特色。这种丰富的旋律极大地提升了音乐的表现力。

047

# 鸟鸣涧①

[唐] 王 维

人 闲②桂 花 落，
夜 静 春 山 空。
月 出 惊③山 鸟，
时 鸣④春 涧 中。

## 说字解词

① 涧：指夹在两山之间的溪流。
② 人闲：寂静无人。
③ 惊：惊扰，惊动。
④ 时鸣：不时地鸣叫。

## 诗情画意

　　寂静无人的山谷中，只有桂花在无声地飘落。宁静的夜色中，春日的大山一片空寂。升起的月亮惊动了山中栖息的小鸟，在春天的溪涧中，它们不时地发出清脆的鸣叫。

# 鸟鸣涧

[唐] 王 维 词

王光明 曲

♩ = 100

1=D 4/4

| 5· | 5 | 6 | 5 | 3 | 2 | — | 2· | 3 | 2 | 1 | 6· | 3 | — |

人　闲　桂　花　落，　　　夜　静　春　山　空。

| 2· | 1 | 2 | 3 | 5 | 5 | 6 | 5 | 6 | 6 | 5 | 3 | 5 | 6 | 5 | — |

月　出　惊　山　鸟，　　时　鸣　春　涧　中。

## 诗乐和鸣

这是一首意境优美的山水诗。本诗虽旨在写静，却动静相衬。音乐运用多种旋律的巧妙结合，将夜晚山涧时隐时现的鸟鸣声与流水声表现出来，让人听后有一种身临其境之感。

# 相 思

[唐] 王 维

红 豆①生 南 国，
春 来 发 几 枝。
愿 君 多 采 撷②，
此 物 最 相 思③。

① 红豆：又名相思子，一种生长在江南地区的植物，结出的籽像豌豆，稍扁，呈鲜红色。

② 采撷（xié）：采摘。

③ 相思：寄托思念。

诗情画意

　　红豆生长在南国，在这春暖花开的时节不知又生出了多少新鲜的枝叶。希望我的朋友们可以多多采摘一些，因为这小小的红豆最能寄托相思之情。

# 相　思

[唐] 王　维 词
王光明 曲

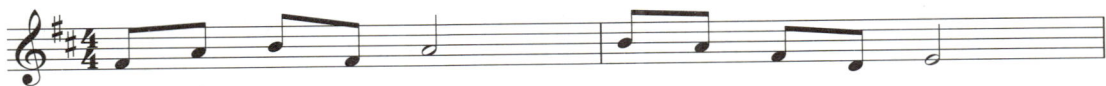

$\bunderline{1=D}$ $\frac{4}{4}$　3　5　6　3　5　—　｜　6　5　3　1　2　—　｜

红　豆　生　南　国，　　春　来　发　几　枝。

$\dot{6}$　1　2　3　5　｜　2　1　$\dot{6}$　2　1　—　‖

愿　君　多　采　撷，　此　物　最　相　思。

**诗乐和鸣**

　　这是一首描写诗人借红豆寄托对友人思念之情的五言绝句。音乐旋律悠扬抒情，极富感染力。竖琴的分解和弦和空灵的八音盒音色融合在一起，渲染出一种梦幻般的氛围，表达了诗人对好友的一片思念之情。

# 山中送别

[唐] 王 维

山 中 相 送 罢，
日 暮 掩① 柴 扉②。
春 草 明 年 绿，
王 孙③ 归 不 归？

**诗情画意**

在山林中送走了好友，夕阳西下我也掩上了柴门。等明年春草再次变绿之时，不知我的好友你能否再次归来？

# 山中送别

[唐] 王 维 词

王光明 曲

♩ = 106

1=D 4/4

5· 6 5 3 2 1 — | 6· 1 2 1 6 2 —

山 中 相 送 罢，　　日 暮 掩 柴 扉。

5· 6 1 3 5 6 5 | 2 3 5 2 1 6 1 —

春 草 明 年 绿，　　王 孙 归 不 归？

## 诗乐和鸣

　　这是一首非常有特点的送别诗，表达了诗人对好友的依依不舍，以及期望别后的重聚。音乐曲调平和舒缓。钢琴、马林巴和箫等多种乐器旋律的相互配合，对音乐主旋律进行了巧妙的点缀，让音乐听起来更加富有层次感，增添了艺术表现力。

# 竹里馆①

[唐] 王 维

独 坐 幽 篁②里，
弹 琴 复 长 啸③。
深 林④人 不 知，
明 月 来 相 照⑤。

## 说字解词

① **竹里馆**：诗人王维在辋川的隐居之地，房屋周围有竹林，故名。
② **幽篁**：幽深繁茂的竹林。
③ **长啸**：这里指吟咏，歌唱。
④ **深林**：竹林的深处。
⑤ **相照**：映照，照耀。

## 诗情画意

　　我独自坐在幽深的竹林中，一面弹着琴一面仰天长啸。在这寂静的竹林深处，我不为人所知，仿佛只有那皎洁的月光，才能够理解我内心的情怀，洒下温柔的光辉照耀我的心田。

# 竹里馆

[唐] 王　维　词

王光明　曲

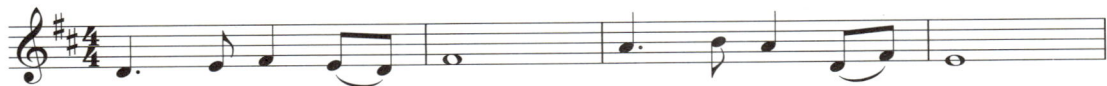

♩ = 102

1=D 4/4

独　坐幽篁里，　　弹琴复长啸。

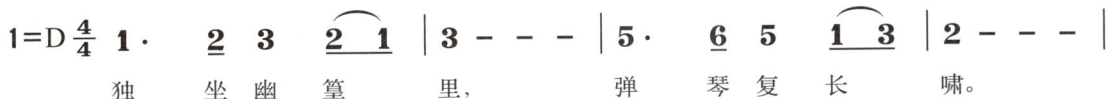

深　林　人不　知，　明月来相　照。

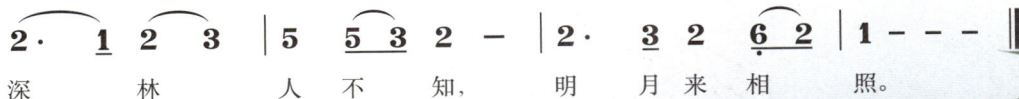

## 诗乐和鸣

　　这首五言绝句描写了诗人月下独坐抚琴时的心境，表达了诗人淡泊名利的心态和高雅绝俗的境界。音乐旋律优美，节奏舒缓。乐曲中古琴的滑音对主旋律巧妙地进行了点缀，很好地衬托出了诗人的心境。

# 静夜思

[唐] 李 白

床 前 明 月 光，
疑①是 地 上 霜。
举 头②望 明 月，
低 头 思③故 乡。

**说字解词**

① 疑：好像，好似。
② 举头：抬起头。
③ 思：思念。

**诗情画意**

月光洒满了我的床前，好似地上泛起了一层白霜。抬头看窗外的明月，不由得低下头来思念起远方的故乡。

# 静夜思

[唐] 李 白 词

王光明 曲

♩ = 50

1=D 4/4

| 1· | 2 | 3 | 2 | 1 | 3 | — | 5· | 3 | 2 | 1 | 3 | 2 | — |
床　前　明　月　　光，　　疑　是　地　上　　霜。

| 2· | 1 | 2 | 3 | 5 | 2 | 3 | 2 | 2· | 3 | 2 | 1 | 6 | 1 | — |
举　头　　望　明　月，　低　头　思　故　　乡。

**诗乐和鸣**

　　这是一首著名的思乡诗，描写了在寂静的月夜诗人对家乡的思念。音乐曲调深沉，节奏平缓。乐曲中风铃的声音轻柔而朦胧，烘托出月光铺洒在地面上的静谧氛围，钟琴清脆的音色更显月色晶莹皎洁。箫所演奏的幽静深邃的旋律，则表达出了诗人无尽的思乡之情。

# 古朗月行① (节选)

[唐] 李 白

小 时 不 识 月 ， 呼 作 白 玉 盘②。
又 疑 瑶 台③ 镜 ， 飞 在 青 云 端 。
仙 人④ 垂 两 足 ， 桂 树 何 团 团⑤。
白 兔 捣 药 成 ， 问 言 与 谁 餐 ？

## 说字解词

① **朗月行**：乐府古题。
② **白玉盘**：像白玉一样晶莹剔透的盘子。
③ **瑶台**：传说中神仙住的地方。
④ **仙人**：传说中驾月的车夫，叫望舒，又名纤阿。
⑤ **团团**：圆圆的样子。

## 诗情画意

　　小时候不认识月亮，就把它叫作白玉盘。又怀疑是瑶台里仙人的镜子，飞到了高高的青云之上。月中的仙人垂着双脚，月中的桂树长得圆圆。还有那白兔捣成的仙药，不知道是做出来为谁而食？

# 古朗月行（节选）

[唐] 李 白 词

王光明 曲

♩ = 105

1=D 4/4

```
3  5   3  2 | 1   —  | 6̣  1   2  3 | 2   —  |
小  时  不 识  月，    呼  作  白 玉  盘。
仙  人  垂 两  足，    桂  树  何 团  团。

5   3  5  2  3 | 1   | 2  2  3 6̣  2 | 1   —  :|
又   疑  瑶 台  镜，   飞  在  青 云  端。
白   兔  捣 药  成，   问  言  与 谁  餐？
```

## 诗乐和鸣

这是一首富有童趣的诗，从儿童的视角表达了对月亮的美好认知和想象。音乐旋律悠扬，节奏明快。乐曲采用起承转合的四句式乐段结构。音乐配器简洁自然，古筝与弦乐旋律的巧妙结合给人营造出一种如梦似幻的音乐氛围。

# 望庐山①瀑布

[唐]李 白

日照香炉②生紫烟③，
遥看④瀑布挂前川⑤。
飞流直下三千尺⑥，
疑是银河落九天⑦。

## 说字解词

① **庐山**：中国名山，位于江西省九江市。

② **香炉**：即香炉峰。

③ **紫烟**：指日光照射下形成的紫色烟雾。

④ **遥看**：远远看去。

⑤ **川**：河流，这里指与河流连接在一起的瀑布。

⑥ **三千尺**：虚数，形容瀑布水流落差很大，夸张的说法。

⑦ **九天**：九重天，形容极高的天空。

## 诗情画意

在阳光的照射下，香炉峰升起了一片紫色的烟雾，从远处观望，奔腾的瀑布好像一条大河悬挂在山壁的前端。奔涌的流水仿佛从三千尺的高空飞泻而下，好像是璀璨的银河从九重天外坠落了下来。

# 望庐山瀑布

[唐] 李 白 词

王光明 曲

♩ = 100

1=D 4/4

```
1 ·  2 3 5 | 3  2 1 3 - | 2 ·  3 2 1 | 6̣  1 3 2 - |
日  照 香 炉  生  紫 烟，   遥  看 瀑 布   挂  前 川。
```

5
```
3 ·  2 3 5 | 6  5 6 3 - | 2 ·  3 5 3 | 2  6̣ 1 - |
飞  流 直 下  三  千 尺，   疑  是 银 河   落  九 天。
```

### 诗乐和鸣

　　这是一首描写庐山瀑布的七言绝句，通过对瀑布气势的描写，表达了诗人对大自然壮丽景色的赞美。音乐中竹笛带有华彩性质的旋律在古琴泛音的点缀下与瀑布、流水声相呼应，全景式展现了庐山瀑布飞流直下的壮观场面。

# 赠汪伦①

[唐] 李 白

李白乘舟将欲行②，
忽闻岸上踏歌③声。
桃花潭水深千尺，
不及④汪伦送我情。

说字解词

① **汪伦**：诗人李白的朋友。
② **行**：离开。
③ **踏歌**：中国古代的一种手拉手、两足踏地打节拍的歌舞形式。
④ **不及**：比不上。

**诗情画意**

  李白正要乘舟启程，忽然听到岸上传来了送行的踏歌声。即使这桃花潭水能有千尺之深，也比不上汪伦对我的一片深情厚谊。

# 赠汪伦

[唐] 李 白 词

王光明 曲

♩ = 105

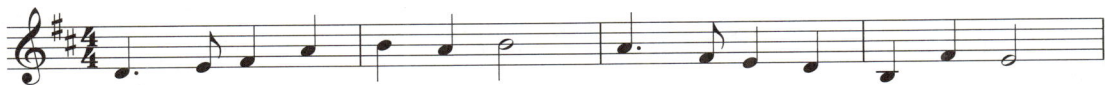

1=D 4/4

1· 2 3 5 | 6 5 6 — | 5· 3 2 1 | 6 3 2 — |

李　白　乘　舟　将　欲　行，　忽　闻　岸　上　踏　歌　声。

3· 2 3 5 | 6 5 6 3 — | 2· 3 2 1 | 2 6 2 1 — ‖

桃　花　潭　水　深　千　尺，　不　及　汪　伦　送　我　情。

## 诗乐和鸣

　　这是一首著名的送别诗，表达了诗人与好友离别时的依依不舍之情。音乐曲调婉转悠扬，旋律优美抒情，具有极强的代入感。在乐曲的编配中，钢琴上行琶音旋律与扬琴的音色交织在一起，增加了听觉的新鲜感。

# 夜宿①山寺

[唐] 李 白

危楼②高百尺③，
手可摘星辰④。
不敢高声语⑤，
恐⑥惊⑦天上人。

## 说字解词

① **宿**：住，借宿。

② **危楼**：高楼。

③ **百尺**：虚指，形容楼很高。

④ **星辰**：天上星星的统称。

⑤ **语**：言语，说话。

⑥ **恐**：恐怕。

⑦ **惊**：惊动。

## 诗情画意

  山上寺院里雄伟的高楼仿佛高有百尺，站在楼上好像伸手就能摘到天上的星辰。更不敢大声说话，唯恐惊动了传说中住在天上的仙人。

# 夜宿山寺

[唐] 李 白 词

王光明 曲

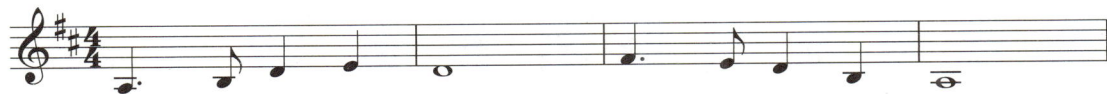

1=D  4/4

5· 6 1 2 | 1 - - - | 3· 2 1 6 | 5 - - - |

危 楼 高 百 尺，　　　手 可 摘 星 辰。

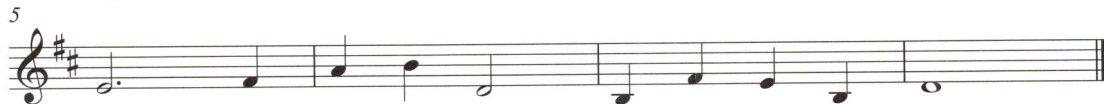

2 - - 3 | 5 6 1 - | 6 3 2 6 | 1 - - - ‖

不 　敢 高 声 语，　　恐 惊 天 上 人。

## 诗乐和鸣

　　这是一首描写山寺夜景的五言绝句。音乐旋律深沉，节奏舒缓。在阵阵钟声的点缀下，箫与古筝的旋律交织在一起，伴随着阵阵蟋蟀的鸣叫，为我们营造出了山寺夜晚的清幽与寂静。

# 黄鹤楼① 送孟浩然之广陵②

[唐] 李 白

故人③西辞④黄鹤楼，
烟花⑤三月下⑥扬州。
孤帆远影碧空尽⑦，
唯⑧见长江天际流⑨。

## 说字解词

① **黄鹤楼**：在今湖北省武汉市蛇山。传说有仙人于此乘黄鹤而去，故称之为黄鹤楼。

② **广陵**：即江苏省扬州市。

③ **故人**：老友，即孟浩然。

④ **辞**：辞别。

⑤ **烟花**：形容柳絮如烟、繁花似锦的春天景物。

⑥ **下**：顺江流而下。

⑦ **尽**：尽头，消失不见。

⑧ **唯**：只。

⑨ **天际流**：流向天边。

## 诗情画意

　　故友在黄鹤楼与我辞别，在繁花似锦的三月顺江而下前往扬州。远去的孤帆在碧空里慢慢消逝，只看到长江之水向着天边奔流而去。

# 黄鹤楼送孟浩然之广陵

[唐] 李　白 词

王光明 曲

♩ = 60

1=D 4/4

| 5· | 6 | 1 | 2 | 3 | 2 | 3 | 5· | 6 | 5 | 3 | 2 | 1 | 3 |
故　人　西　辞　黄　鹤　楼，烟　花　三　月　下　扬　州。

3

| 2· | 1 | 2 | 3 | 5 | 6 | 5 | 3 | 2· | 3 | 5 | 3 | 2 | 6 | 1 |
孤　帆　远　影　碧　空　尽，唯　见　长　江　天　际　流。

## 诗乐和鸣

　　这是一首融情于景的送别诗，表达了诗人送别好友时的依依不舍和对好友前途的美好祝福。乐曲在流水、鸟鸣等音效的衬托下，空旷灵动，为我们呈现出了一幅开阔明丽的江畔送别图。

# 早发[①] 白帝城[②]

[唐] 李 白

朝 辞 白 帝 彩 云 间[③]，
千 里 江 陵[④] 一 日 还。
两 岸 猿 声 啼[⑤] 不 住[⑥]，
轻 舟[⑦] 已 过 万 重 山[⑧]。

## 说字解词

① 早发：清早出发。

② 白帝城：在今重庆市奉节县白帝山上。

③ 彩云间：因白帝城在白帝山上，常被云霞所笼罩，从江面向上望去，好似在彩云中一般。

④ 江陵：今湖北省荆州市。

⑤ 啼：啼叫。

⑥ 不住：不断。

⑦ 轻舟：轻快的小舟。

⑧ 万重山：山峦层层叠叠，形容极多。

## 诗情画意

清晨辞别彩云缭绕的白帝城，仅用一天的时间便到达了千里之外的江陵。两岸的猿啼声还在耳畔不断地回响，轻快的小舟已经驶过了连绵起伏的万重群山。

# 早发白帝城

[唐] 李 白 词

王光明 曲

♩ = 65

1=D 4/4

6· 5 6 i 3 5 6 | 5· 6 5 3 2 1 3 |

朝 辞 白 帝 彩 云 间，　千 里 江 陵 一 日 还。

2· 1 2 3 5 6 3 | 2· 3 2 1 5 1 6 ‖

两 岸 猿 声 啼 不 住，　轻 舟 已 过 万 重 山。

## 诗乐和鸣

　　这是一首写景抒情的七言绝句，表达了诗人归心似箭的心情。音乐节奏轻快悠扬，旋律风格清新脱俗。弦乐的拨弦以及铃鼓跳跃性的节奏，加上竹笛点缀性的装饰音调，很好地表现了诗人历经苦难后重返江陵时的畅快心情。

# 客中①作

[唐] 李 白

兰 陵 美 酒 郁 金 香②，
玉 碗 盛 来 琥 珀 光 。
但 使③主 人 能 醉 客④，
不 知 何 处 是 他 乡 。

**说字解词**

① 客中：指客居他乡。
② 郁金香：散发郁金的香气。郁金，一种香草，用以浸酒。
③ 但使：只要。
④ 醉客：让客人喝醉酒。

**诗情画意**

兰陵美酒的香气如郁金香般芬芳四溢，盛在玉碗之中泛出琥珀般晶莹的光泽。主人奉上如此佳酿定能让我这外来之客醉倒，让我分不清哪里是故乡哪里是他乡？

# 客中作

[唐]李 白 词

王光明 曲

♩ = 114

1=D 4/4

$\underline{1 \cdot \quad 2} \quad 3 \quad 2 \quad 3 \quad 6 \quad 5 \quad | \quad \underline{6 \cdot \quad \dot{1}} \quad 6 \quad 5 \quad 1 \quad 2 \quad 3 \quad |$

兰　陵　美　酒　郁　金　香，　玉　碗　盛　来　琥　珀　光。

$\underline{2 \cdot \quad 3} \quad 2 \quad 1 \quad 2 \quad 3 \quad 5 \quad | \quad \underline{6 \cdot \quad 5} \quad 3 \quad 5 \quad 2 \quad 3 \quad 1 \quad \|$

但　使　主　人　能　醉　客，　不　知　何　处　是　他　乡。

## 诗乐和鸣

　　这是一首羁旅诗，表达了诗人虽身为客，却不觉身在他乡的乐观情绪。音乐旋律优美，节奏明快。马林巴作为伴奏乐器，以分解和弦的形式出现极大地增强了音乐的律动感。通过竹笛对主旋律的巧妙点缀，让歌曲听来更加生动传神。

# 望天门山①

[唐] 李 白

天门中断②楚江③开，
碧水东流至此回④。
两岸青山相对出，
孤帆⑤一片日边来。

① **天门山**：今安徽省东梁山和西梁山合称。东为东梁山(又称博望山)，在今芜湖市；西为西梁山(又称梁山)，在今马鞍山市。两山隔江对峙，形如天设的门户。

② **中断**：江水从中间隔断两山。

③ **楚江**：长江中下游部分河段在古代流经楚地，所以叫楚江。

④ **回**：回转。

⑤ **孤帆**：此处指一艘孤零零的帆船。

**诗情画意**

　　雄伟的天门山被长江从中间劈开，碧绿的江水东流至此又折转返回西流。两岸巍峨的青山隔江相对而立，一只孤零零的帆船从天边缓缓驶来。

# 望天门山

[唐] 李 白 词

王光明 曲

♩ = 100

1=D 4/4

3· 2 3 6 | 5 2 3 2 — | 2· 3 5 6 | 3 2 1 2 — |

天 门 中 断 楚 江 开， 碧 水 东 流 至 此 回。

5

1· 2 3 5 | 6 5 6 — | 5· 6 5 3 | 2 6 2 1 — ‖

两 岸 青 山 相 对 出， 孤 帆 一 片 日 边 来。

## 诗乐和鸣

　　这是一首描写天门山壮阔景色的七言绝句。音乐曲风大气雄浑，在流水等声音的衬托下，高亢的音乐旋律营造出恢宏的气势，让我们仿佛身临其境，感受到了长江与天门山的英姿美景。

# 独坐敬亭山①

[唐] 李 白

众鸟高飞尽②，
孤云独去③闲④。
相看⑤两不厌，
只有敬亭山。

## 说字解词

① 敬亭山：在今安徽省宣城市北，原名昭亭山。

② 尽：消失。

③ 独去：独自离开。

④ 闲：悠闲的样子。

⑤ 相看：互相看着。

## 诗情画意

天上的鸟儿都已高飞远去，最后一片孤云也悠闲地飘向远方。与我相伴又互不相厌的，只有这座敬亭山了。

# 独坐敬亭山

[唐] 李 白 词

王光明 曲

♩ = 100

1=D 4/4

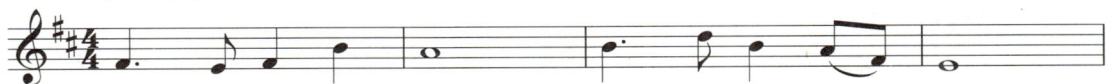

3· 2 3 6 | 5 − − − | 6· 1 6 5 3 | 2 − − − |
众　鸟　高　飞　尽，　　孤　云　独　去　闲。

2· 1 2 3 | 5 6 5 − | 3· 5 3 2 3 | 1 − − − ‖
相　看　两　不　厌，　　只　有　敬　亭　山。

## 诗乐和鸣

　　这是一首写景抒怀诗。诗人通过对大自然景物的描写来表达自己内心的孤寂。音乐曲风寂寥哀婉，节奏平缓。古琴富有特色的滑音演奏与竹笛、古筝等多种乐器巧妙搭配，营造出一种深沉而抒情的氛围，表达了诗人内心的孤独与凄凉。

# 秋浦歌（其十五）

[唐] 李 白

白 发 三 千 丈①，
缘② 愁 似 个③ 长 。
不 知 明 镜 里 ，
何 处 得 秋 霜④？

**说字解词**

① 三千丈：形容很长。

② 缘：因为。

③ 似个：如此，这般。

④ 秋霜：比喻头发白如秋霜。

**诗情画意**

我满头的白发好像有三千丈，是因为我心中的愁思也是如此之长。不知道在明镜中映照着的我，从哪里生出了这么多似秋霜的白发？

# 秋浦歌（其十五）

[唐] 李 白 词

王光明 曲

♩ = 62

1=D 4/4

| 3 | — | 5 | 6 5 | 3 | — | 2 | 3 | 2 | 1 | 2 | — |
|---|---|---|---|---|---|---|---|---|---|---|---|
| 白 | | 发 | 三 千 | 丈， | | 缘 | 愁 | 似 | 个 | 长。 | |

| 6̣ | 1 | 2 | 3 | 5 | 2 | 3 | 6̣ | 2 | 1 | — |
|---|---|---|---|---|---|---|---|---|---|---|
| 不 | 知 | 明 | 镜 | 里， | 何 | 处 | 得 | 秋 | 霜？ | |

## 诗乐和鸣

这是一首抒发诗人感怀之情的诗。诗人以夸张的写作手法，表达了自己怀才不遇的苦闷心情。音乐配器简洁质朴，钢琴以分解和弦的伴奏方式与古筝弹奏的主旋律交相呼应，在箫的长线条旋律的点缀下，营造出一种伤感的音乐氛围。

077

# 别董大①

[唐] 高 适

千里黄云②白日曛③，
北风吹雁雪纷纷。
莫愁④前路⑤无知己，
天下谁人不识⑥君。

## 说字解词

① 董大：指董庭兰，诗人的好友，唐代有名的音乐家，在其兄弟中排行老大，故称董大。

② 黄云：天上的乌云。

③ 曛：昏暗。

④ 莫愁：不要担心。

⑤ 前路：即将要去的地方。

⑥ 识：知道，认识。

## 诗情画意

千里乌云遮天蔽日，大雪中凛冽的北风吹着南飞的大雁。不要担心将要前往的地方遇不上知己，天下又有谁不知道你的才华和人品呢？

# 别董大

[唐] 高 适 词

王光明 曲

♩ = 105

1=D 4/4

5· 6̲5̲ 3̲2̲ | 1 2̲3̲ 2 — | 6̣· 1̲2̲ 1̣̲6̣̲ 5 | 2̲3̲ 2 — |

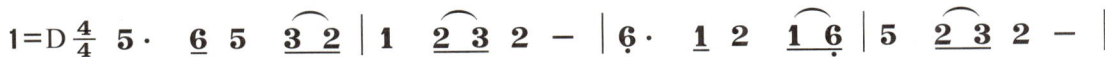

千　里　黄　云　　白　日　　曛，　北　风　吹　雁　　雪　纷　　纷。

5· 6̲5̲ 3̲2̲ | 1 2̲3̲ 6̣ — | 2· 3̲2̲ 1 | 2 6̣̲2̲ 1 — ‖

莫　愁　前　路　　无　知　　己，　天　下　谁　人　　不　识　　君。

## 诗乐和鸣

　　这是一首表达送别之情的诗。诗人在表达对好友依依惜别之情的同时，也表达了祝福好友迎接美好未来的乐观精神。音乐节奏稳健，旋律舒缓。竹笛婉转的旋律在弦乐重奏的厚重旋律衬托下，听起来极富感染力。

# 绝 句（其三）

[唐] 杜 甫

两个黄鹂①鸣翠柳②，
一行白鹭③上青天。
窗含西岭千秋雪④，
门泊⑤东吴⑥万里船。

## 说字解词

① 黄鹂：鸟名，又叫黄莺，鸣叫声音响亮，羽毛艳丽。

② 翠柳：枝叶翠绿的柳树。

③ 白鹭：水鸟名，又叫鹭鸶，羽毛洁白。

④ 千秋雪：千年不化的积雪。

⑤ 泊：停泊。

⑥ 东吴：古地名，今江苏、浙江两省东部地区，古代属于吴国。

## 诗情画意

两只黄鹂在翠绿的柳枝上欢快地鸣叫，一行白鹭飞上了湛蓝的天空。从窗前可以看到西岭上千年不化的积雪，门外江边停泊着远行万里的东吴航船。

# 绝句（其三）

[唐] 杜 甫 词

王光明 曲

♩ = 70

1=D 4/4

```
i· 6 5 6  3 2 3 1 | i· 6 5 6  3 6 5 |
两 个 黄 鹂 鸣 翠 柳，一 行 白 鹭 上 青 天。

6· 6 i 6 5 6 3 | 2· 3 5 3 2 2 3 1 ‖
窗 含 西 岭 千 秋 雪，门 泊 东 吴 万 里 船。
```

## 诗乐和鸣

这是一首描写春日美景的诗。诗人对景物的描写非常有特点，远景和近景相结合，动态与静态相对比，极大地丰富了画面的层次感。音乐节奏欢快，在弦乐震音的衬托下，打击乐明快的节奏和古筝优美的旋律把春天演绎得栩栩如生，使人听后心情舒畅。

081

# 春夜喜雨

[唐] 杜 甫

好 雨 知 时 节， 当①春 乃②发 生③。
随 风 潜 入 夜， 润 物 细 无 声。
野 径 云 俱 黑， 江 船 火 独 明。
晓④看 红 湿 处， 花 重⑤锦 官 城⑥。

## 说字解词

① **当**：正当，正值。

② **乃**：就，于是。

③ **发生**：春雨落下，促进万物生长。

④ **晓**：天明。

⑤ **花重**：花因为饱含雨水而显得饱满沉重的样子。

⑥ **锦官城**：指四川省成都市。

## 诗情画意

　　美好的春雨仿佛知道时节的变化，正当大地需要滋润的时候就如期而至了。伴着夜晚的春风，洒落大地，无声无息地润泽着世间的万物。浓云遮住了夜空的星月，田野的道路陷入漆黑，只有江中渔船上的灯火显得分外明亮。清晨，那被雨水淋湿的花朵显得更加艳丽而饱满，将锦官城装扮得处处繁花似锦、春意盎然。

# 春夜喜雨

[唐] 杜 甫 词

王光明 曲

1=D 4/4

好 雨 知 时 节， 当 春 乃 发 生。 随 风 潜 入 夜，

润 物 细 无 声。 野 径 云 俱 黑， 江 船 火 独 明。

晓 看 红 湿 处， 花 重 锦 官 城。

**诗乐和鸣**

　　这是一首赞美春雨的诗。"喜"字是全诗的基调，既表达了诗人对春雨的赞美，又表露了诗人面对春雨时的喜悦之情。音乐结构由四句式乐段组成，木琴跳跃而短促的节奏贯穿始终。第二段加入了竹笛的副旋律，增加了音乐的层次性，使人听了心情愉悦，仿佛置身于春夜的"喜雨"之中。

# 绝句二首（其一）

[唐] 杜 甫

迟日①江山丽，
春风花草香。
泥融②飞燕子，
沙暖③睡鸳鸯。

---

**说字解词**

① **迟日**：春天日渐长，故称"迟日"，一指春天的太阳。
② **泥融**：冬去春来，冻土融化，又湿又软。
③ **沙暖**：沙滩经日晒而温暖。

**诗情画意**

　　春日阳光沐浴着的江河山川看上去是如此的秀丽。伴着和煦的春风，飘来了花草迷人的芳香。湿软的春泥引来了一只只可爱的飞燕，温暖的沙滩上睡着一对对美丽的鸳鸯。

# 绝句二首（其一）

[唐] 杜　甫　词

王光明　曲

♩ = 67

1=D 4/4

| 5 | 5 | 3 | 5 6 | 5 | — | 2 | 3 5 | 2 | 1 6 | 2 | — |
|---|---|---|---|---|---|---|---|---|---|---|---|
| 迟 | 日 | 江 | 山 | 丽， | | 春 | 风 | 花 | 草 | 香。 | |

3

| 5· 6 | 1 | 3 5 | 6 5 | 2 | 3 5 | 3 2 3 | 1 | — |
|---|---|---|---|---|---|---|---|---|
| 泥 融 | 飞 | 燕 | 子， | 沙 | 暖 | 睡 鸳 | 鸯。 | |

## 诗乐和鸣

　　这是一首描写春日美景的七言绝句。音乐旋律悠扬，风格清新洒脱。弦乐的拨弦与木琴具有跳跃性的节奏相互映衬，在清脆的鸟鸣声点缀下，为我们呈现出一幅风和日丽、鸟语花香的美好春景图。

# 江畔独步寻花（其五）

[唐] 杜 甫

黄师塔①前江水东②，
春光懒困③倚④微风。
桃花一簇开无主⑤，
可爱⑥深红爱浅红？

## 说字解词

① **黄师塔**：黄姓僧人的墓地，蜀地称僧人为"师"，称僧人的墓为"塔"。

② **东**：动词，向东流。

③ **懒困**：慵懒困倦。

④ **倚**：倚靠。

⑤ **开无主**：没有主人，自由开放。

⑥ **可爱**：喜欢，喜爱。

## 诗情画意

黄师塔前的江水正缓缓向东流淌，春日里和煦的暖风让人感到慵懒和困倦。一簇无主的桃花正在自由地绽放，看着如此娇艳美丽的花朵，让人都不知道是该喜欢深红色的还是该喜欢浅红色的了？

# 江畔独步寻花（其五）

[唐] 杜　甫　词

王光明　曲

```
1=D 4/4   5 6 3 5  6  6 3 5·  3 2 | 1 6 1  6 1  2  —  |
          黄 师 塔 前 江 水  东，  春 光 懒 困 倚 微  风。
```

```
          5· 6  1  2  3 5  3 | 2 3 5 3 2 6 | 1  —  ‖
          桃 花  一  簇  开 无 主，可 爱 深 红 爱 浅 红？
```

**诗乐和鸣**

　　这是一首描写春景的诗，用简练的语言勾勒出一幅春色秀丽的美好画卷。音乐曲调婉转悠扬，在流水与鸟鸣声的衬托下，钢琴大线条的分解和弦与竹笛演奏的旋律完美融合，令人感觉心旷神怡。

# 江畔独步寻花（其六）

[唐] 杜 甫

黄 四 娘①家 花 满 蹊②，
千 朵 万 朵 压 枝 低③。
留 连④戏⑤蝶 时 时⑥舞，
自 在 娇 莺 恰 恰⑦啼 。

## 说字解词

① **黄四娘**：杜甫住在草堂时的邻居，家住浣花溪畔。

② **蹊**：小路。

③ **低**：弯折得很低。

④ **留连**：通"流连"，因留恋而不愿离开。

⑤ **戏**：玩耍，嬉戏。

⑥ **时时**：常常。

⑦ **恰恰**：象声词，形容婉转动听的鸟鸣声。

## 诗情画意

　　黄四娘家周围的小路旁开满了鲜花，千朵万朵盛开的鲜花将枝条压得很低。彩蝶在花丛中嬉戏飞舞不舍离去，黄莺也在枝头自由自在地欢快鸣唱。

# 江畔独步寻花（其六）

[唐] 杜 甫 词

王光明 曲

♩= 55

1=D 4/4

3· 6 5 6 1 5 3 | 6 i 6 5 3 2 1 2 2 — |
黄 四 娘 家 花 满 蹊， 千 朵 万 朵 压 枝 低。

2· 1 2 3 5 5 3 2 | 2 3 2 3 2 1 6 1 — |
留 连 戏 蝶 时 时 舞， 自 在 娇 莺 恰 恰 啼。

**诗乐和鸣**

　　这是一首写景的七言绝句，描写了诗人在拜访黄四娘家途中的所见所闻。音乐节奏简洁明快，生动活泼。扬琴弹奏的旋律与竹笛的旋律相融合，伴随着清脆的鸟鸣声，使人听后如置身乡间小路，顿觉身心愉悦。

# 闻官军收河南河北

[唐] 杜 甫

剑外①忽传收蓟北，初闻②涕泪满衣裳。

却看③妻子愁何在，漫卷④诗书喜欲狂。

白日放歌⑤须纵酒，青春⑥作伴好还乡。

即⑦从巴峡穿巫峡，便下⑧襄阳向洛阳。

## 说字解词

① **剑外**：剑门关以外地区，指四川省剑阁县以南地区。

② **初闻**：刚刚听到。

③ **却看**：回头看。

④ **漫卷**：随便卷起。

⑤ **放歌**：大声唱歌。

⑥ **青春**：指春天。

⑦ **即**：立即。

⑧ **便下**：再下。

## 诗情画意

　　剑门关外突然传出官军已收复蓟北的消息，初闻此讯，我不由激动得热泪盈眶，泪水也洒满了衣裳。回头看看妻子和儿女，还有什么愁心的事，我高兴得几乎要发狂，匆忙之中胡乱地将书收拾好。白日里我放声高歌，开怀畅饮，在这明媚的春光里，我即将回到久别的故土。便立即乘船从巴峡穿过巫峡，路经襄阳直奔洛阳家乡而去。

# 闻官军收河南河北

[唐] 杜 甫 词

王光明 曲

♩ = 112

1=D 4/4 6· 1̲ 6 5 | 3 2̲1̲ 3 — | 5̲ 5̲ 5̲ 3̲ 2 1̲2̲ | 3 — — — | 2· 1̲ 2 3 | 5 5̲6̲ 5 — |

剑 外 忽 传 收 蓟 北， 初 闻 涕 泪 满 衣 裳。 却 看 妻 子 愁 何 在，

6̲ 1̲ 6̲ 5̲ 3̲ 5̲6̲ | 5 — — — | 6· 1̲ 6 5 | 3 2̲1̲ 3 — | 5̲ 5̲ 5̲ 3̲ 2 1̲2̲ |

漫 卷 诗 书 喜 欲 狂。 白 日 放 歌 须 纵 酒， 青 春 作 伴 好 还

3 — — — | 2· 1̲ 2 3 | 5 5̲6̲ 5 — | 6̲ 1̲ 6̲ 5̲ 3̲ 2̲3̲ | 1 — — — ‖

乡。 即 从 巴 峡 穿 巫 峡， 便 下 襄 阳 向 洛 阳。

## 诗乐和鸣

　　这是一首即事抒怀诗，描写了诗人听到朝廷收复失地后的喜悦心情。音乐中弦乐的顿弓演奏贯穿始终，极大地增加了音乐的动力感。竹笛旋律生动活泼，很好地衬托出了诗人内心的激动与喜悦。

# 江南逢李龟年①

[唐] 杜 甫

岐王②宅里寻常③见，
崔九④堂⑤前几度⑥闻。
正是江南好风景，
落花时节⑦又逢君。

## 说字解词

① 李龟年：诗人的朋友，唐朝著名乐师，擅长唱歌。因为受到皇帝唐玄宗的宠幸而红极一时。"安史之乱"后，李龟年流落江南，靠卖艺为生。

② 岐王：唐玄宗的弟弟李范。

③ 寻常：经常。

④ 崔九：即崔涤，唐玄宗的宠臣，因为在兄弟间排行第九，所以得名。

⑤ 堂：府中，家中。

⑥ 几度：多次。

⑦ 落花时节：暮春，农历三月。

## 诗情画意

在岐王府里常常能见到你，在崔九的家中也几度听到过你的歌声。现在正是江南风景秀美之时，没想到在这落花的时节又与你在此相逢。

# 江南逢李龟年

[唐] 杜 甫 词

王光明 曲

```
♩ = 53
1=D 4/4

5  5  6  i  6  5  3  5  -  |  5  5  6  i  6  5  3  2  -  |
岐  王  宅  里  寻  常  见,     崔  九  堂  前  几  度  闻。

3

2.  1  2  3  5  6  i  6  |  5  6  5  3  2  1  2  1  -  ‖
正  是  江  南  好  风  景,     落  花  时  节  又  逢  君。
```

**诗乐和鸣**

　　这是一首描写与故友重逢的七言绝句。诗人通过描写与好友相逢的场景,抒发了自己对往事的怀念和对世事无常的感慨。音乐曲调灵动婉约,在扬琴跳跃性的节奏衬托下,竹笛演奏出的问答式旋律,生动表现了故友重逢时的场景。

# 八阵图①

[唐] 杜 甫

功 盖② 三 分 国③，
名 成 八 阵 图。
江 流 石 不 转④，
遗 恨 失 吞 吴⑤。

---

### 说字解词

① **八阵图**：由八种阵势组成的阵法图。

② **盖**：超过。

③ **三分国**：指三国时期魏、蜀、吴三国。

④ **石不转**：指水流冲击时，八阵图的石块仍然不动。

⑤ **失吞吴**：吞吴失策的意思。

---

### 诗情画意

　　东汉末年三国鼎立，蜀汉丞相诸葛亮建立了盖世的功绩，他创造出的"八卦阵"更是名扬千古。即使江流冲击也推不动布阵的石头，千古遗恨在于蜀汉失策想吞并东吴。

# 八阵图

[唐] 杜　甫　词

王光明　曲

♩ = 115

1=D 4/4

6· 6 56 i | 6 - - - | 3· 6 56 2 | 3 - - - |

功　盖　三　分　国，　　名　成　八　阵　图。

2· 1 2 35 | 3 - - - | 5· 3 5 6 i | 6 - - - ‖

江　流　石　不　转，　　遗　恨　失　吞　吴。

## 诗乐和鸣

这是一首怀古抒情的五言绝句。音乐风格豪迈悲情，在编配上，大鼓与男声合唱，提升了音乐的立体感和震撼力。竹笛旋律中加入了调式的偏音，使乐曲更好地呼应了诗歌的意境，表达出诗人对历史人物的感怀。

# 赠花卿①

[唐] 杜 甫

锦城②丝管③日纷纷④，
半入江风⑤半入云。
此曲⑥只应天上⑦有，
人间能得几回闻？

## 说字解词

① 花卿：唐朝大将军花敬定，曾平定段子璋之乱。
② 锦城：此指四川省成都市。
③ 丝管：丝是弦乐器，管是管乐器，这里泛指音乐。
④ 纷纷：纷繁。
⑤ 江风：锦江上的风。
⑥ 此曲：指美妙的音乐。
⑦ 天上：双关语，虚指天宫，实指皇宫。

## 诗情画意

　　锦官城里每日都能传出纷繁动听的音乐声，一半随风回荡在锦江之上，一半又飘入白云间。这样美妙的乐曲只应天上才会有，人世间又能听得到几回呢？

# 赠花卿

[唐] 杜 甫 词

王光明 曲

1=D 4/4

3· 2 1 23 | 5 565 - | 6· 1 6 5 3 | 2 1 6 2 - |
锦 城 丝 管 日 纷 纷， 半 入 江 风 半 入 云。

1· 2 3 6 | 5 2 3 - | 2· 3 2 1 | 6 1 2 1 - ‖
此 曲 只 应 天 上 有， 人 间 能 得 几 回 闻？

### 诗乐和鸣

　　这是一首耐人寻味的讽刺诗，表达了诗人对奢靡社会风气的讽刺和批判。音乐曲调舒缓，木琴跳跃性的伴奏旋律使音乐极富节奏感。竹笛运用多种演奏技巧吹奏出的旋律，为歌曲营造出耐人寻味的意境。

# 望 岳①

[唐] 杜 甫

岱宗夫如何？齐鲁青未了②。
造化钟神秀③，阴阳④割昏晓。
荡胸生曾云，决眦入归鸟。
会当凌绝顶，一览众山小。

## 说字解词

① 岳：这里指东岳泰山，泰山为五岳之首。

② 未了：不尽，不断。

③ 神秀：天地之灵气，山色之奇丽。

④ 阴阳：阴指山之北，阳指山之南。

## 诗情画意

被誉为五岳之首的泰山到底如何？在齐鲁大地上，那青翠的山色无穷无尽。神奇的自然汇聚千种美景，山南山北分出一明一暗，仿佛是清晨与黄昏。观层层云气升腾，令人胸怀荡涤。远望飞鸟回旋归山，使人感觉目眦欲裂。只有攀登上泰山顶峰，才能领略到俯瞰天下群山皆尽显渺小的豪迈之感。

# 望 岳

[唐] 杜 甫 词

王光明 曲

♩ = 110

1=D 4/4

6· 6̲5̲ 3̲5̲ | 6 - - - | 5· 6̲5̲ 3̲5̲ | 2 - - - | 2· 1̲2̲ 3̲5̲ | 3 - - - |
岱 宗 夫 如 何？ 齐 鲁 青 未 了。 造 化 钟 神 秀，

5· 6̲i̲ 6̲5̲ | 3 - - - | 6· 6̲5̲ 3̲5̲ | 6 - - - | 5· 6̲5̲ 3̲5̲ |
阴 阳 割 昏 晓。 荡 胸 生 曾 云， 决 眦 入 归

2 - - - | 2· 1̲2̲ 3̲5̲ | 3 - - - | 5· 3̲5̲ 6̲i̲ | 6 - - - ‖
鸟。 会 当 凌 绝 顶， 一 览 众 山 小。

## 诗乐和鸣

这是一首赞美泰山的诗。诗人借描写泰山巍峨的气势，表达自己不怕困难、敢于攀登的乐观精神。音乐中竹笛与箫的旋律线条交织在一起，营造出一种云雾缥缈的气象和泰山高耸入云的壮阔英姿，表达了诗人内心高远的志向和豪迈的情怀。

# 滁州[1] 西涧[2]

[唐] 韦应物

独怜[3]幽草[4]涧边生，
上有黄鹂深树[5]鸣。
春潮[6]带雨晚来急，
野渡[7]无人舟自横[8]。

## 说字解词

① **滁州**：在今安徽省滁州市以西，诗人曾在此任刺史。

② **西涧**：滁州城西郊的一条小溪。

③ **独怜**：特别喜爱。

④ **幽草**：幽谷中的小草。

⑤ **深树**：树林深处枝叶茂密的树。

⑥ **春潮**：春天河水盛涨，称为春潮，俗称桃花雨。

⑦ **野渡**：荒郊野外的渡口。

⑧ **横**：随意停泊。

## 诗情画意

　　最喜爱幽谷溪边生长的小草，山涧上面有黄鹂在枝叶茂密的树林深处婉转地鸣唱。春夜的急雨带来了上涨的河水，无人看管的小船随意横漂在野外的渡口上。

# 滁州西涧

[唐] 韦应物 词

王光明 曲

1=D $\frac{4}{4}$  5· $\underline{6}$ 1 2 | 3 $\underline{2}$ 1 3 — | $\underline{5\ 6}$ $\underline{5\ 3}$ 2 $\underline{2\ 1}$ | 3 — — — |

独　怜　幽　草　涧　边　生，　上　有　黄　鹂　深　树　　鸣。

2· $\underline{3}$ 2 1 | 2 $\underline{2}$ 3 $\underline{6}$ — | 2 3 $\underline{5\ 3}$ 2 $\underline{1\ 2}$ | 1 — — — |

春　潮　带　雨　晚　来　急，　野　渡　无　人　舟　自　　横。

**诗乐和鸣**

这是一首描写傍晚雨景的七言绝句。音乐曲风平和委婉，钢琴舒缓的旋律在流水和鸟鸣声的衬托下展现出滁州西涧的自然景色。大提琴的低音旋律增强了音乐的动力性和厚重感，表达了诗人观景时内心的万千思绪。

# 游子吟①

[唐]孟 郊

慈 母 手 中 线， 游 子 身 上 衣。
临 行 密 密 缝， 意 恐 迟 迟 归。
谁 言 寸 草②心， 报③得 三 春 晖④。

## 说字解词

① **游子吟**：游子，远离家乡的人。吟，一种诗歌体裁。

② **寸草**：即小草，这里比喻为子女。

③ **报**：报答。

④ **晖**：阳光，以春晖喻母爱。

## 诗情画意

　　慈祥的母亲穿针引线，缝着儿子出门要穿在身上的衣服。临行之前缝得密密的，只怕孩子迟迟回不到家中。谁说孩子像小草般的孝心，报答得了母亲如春晖普泽般的恩情？

# 游子吟

[唐] 孟 郊 词

王光明 曲

♩ = 70

1=D 4/4

5̲ 6̲ 1̲ 2̲ 1 — | 3̲ 2̲ 1̲ 6̲ 1 — | 2· 3̲ 5 6 5 |

慈 母 手 中 线， 游 子 身 上 衣。 临 行 密 密 缝，

3̲ 2̲ 1̲ 2̲ 1 — | 5·̲ 6̲ 1̲ 2̲ 3 | 2̲ 1̲ 1̲ 6̲ 1 — ‖

意 恐 迟 迟 归。 谁 言 寸 草 心， 报 得 三 春 晖。

## 诗乐和鸣

　　这是一首歌颂母爱的古体诗。本诗通过描写一位母亲为临行的儿子缝衣的场景，赞颂了世间母爱的伟大。音乐曲调轻柔细腻，节奏舒缓，弦乐合奏出的低音长线条旋律与古筝的主旋律相配合，营造出一种既温馨又感伤的音乐氛围。

103

# 早春呈水部张十八员外

[唐] 韩 愈

天 街①小 雨 润 如 酥②，
草 色 遥 看③近 却 无 。
最 是④一 年 春 好 处 ，
绝 胜⑤烟 柳 满 皇 都⑥。

## 说字解词

① 天街：京城的街道。
② 酥：酥油，此处形容春雨的滋润。
③ 遥看：从远处看。
④ 最是：正是。
⑤ 绝胜：远远胜过。
⑥ 皇都：都城，此处指长安。

## 诗情画意

　　京城街道的上空细雨绵绵，雨丝就像酥油一般滋润着大地。远看草色青青，近看却若有若无。现在正是一年中最好的春光，远远胜过了满城绿柳如烟的暮春景色。

# 早春呈水部张十八员外

[唐] 韩 愈 词

王光明 曲

♩ = 120

1=D 4/4

5· 5̲ 6 5 | 1 2 3 — | 6̣· 1̲ 2 3 | 2 1 2 — |

天　街　小　雨　润　如　酥，　草　色　遥　看　近　却　无。

5

3· 2̲ 3 5 | 6 i̇ 6 — | 5· 6̲ 5 3 | 2 3 1 — ‖

最　是　一　年　春　好　处，　绝　胜　烟　柳　满　皇　都。

### 诗乐和鸣

　　这是一首赞美早春美景的七言绝句，描写了长安城初春时的雨中景色。音乐节奏明快，在木琴声的衬托下，让我们感受到了春雨的清新与滋润。

# 渔歌子①

[唐] 张志和

西塞山②前白鹭③飞，
桃花流水鳜鱼④肥。
青箬笠⑤，绿蓑衣⑥，
斜风细雨不须归⑦。

## 说字解词

① **渔歌子**：又名《渔父》，唐教坊曲名，后成为词牌名。
② **西塞山**：在今浙江省湖州市。
③ **白鹭**：一种白色的水鸟。
④ **鳜鱼**：又称桂鱼，肉质鲜美可口。
⑤ **箬笠**：又称斗笠，使用竹叶或竹篾编成的斗笠。
⑥ **蓑衣**：用茅草或者棕丝编织成的雨披。
⑦ **不须归**：不想回去。

## 诗情画意

西塞山前白鹭展翅高飞，江岸桃花盛开，水流丰盈的河里肥美的鳜鱼正欢快地游来游去。渔翁头戴青斗笠，身披绿蓑衣，正在斜风细雨中悠然垂钓，乐不思归。

# 渔歌子

[唐] 张志和 词

王光明 曲

♩ = 95

1=D 4/4

3· 2 3 5 | 6 6 5 5 — | 6· 1 6 5 3 | 2 1 3 2 — |
西　塞　山　前　白　鹭　飞，　桃　花　流　水　鳜　鱼　肥。

3 2 3 — | 6 6 1 6 — | 5· 6 5 3 | 2 1 2 1 — ‖
青　箬　笠，　绿　蓑　衣，　斜　风　细　雨　不　须　归。

**诗乐和鸣**

　　这首词生动描绘了一幅江南水乡的春色美景图。音乐旋律婉转悠扬，在木琴的点缀下，竹笛演奏出的极具艺术性的悠扬旋律，使音乐听起来更加饱满且富有活力，营造出一种自然和谐的音乐氛围。

# 塞下曲（其二）

[唐] 卢 纶

林暗①草惊风②，
将军夜引弓③。
平明④寻白羽⑤，
没在石棱中⑥。

## 说字解词

① **林暗**：指由于夜色降临而树林昏暗。

② **草惊风**：野草突然被风吹动。

③ **引弓**：拉弓引箭。

④ **平明**：天色刚亮的时候。

⑤ **白羽**：指箭杆尾部装着白色羽毛的箭。

⑥ **没在石棱中**：插在了石头中。没，深深地插入。石棱，石头的棱角。

## 诗情画意

树林昏暗浓密，野草突然被风吹动，似有猛虎出现，将军在夜色中开弓放箭。天色刚亮的时候，他去寻找那支白羽箭，却发现箭头已深深地插进了坚硬的石头中。

# 塞下曲（其二）

[唐] 卢 纶 词

王光明 曲

1=D 4/4

$3 \cdot \quad \underline{2} \quad 1 \quad \underline{2} \quad 3 \quad 2 \quad - \quad | \quad 5 \cdot \quad \underline{3} \quad \underline{2} \quad \underline{1} \quad \underline{\dot{6}} \quad 1 \quad -|$

林　暗　草　惊　风，　　将　军　夜　引　弓。

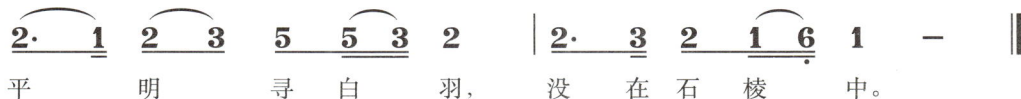

$2 \cdot \quad \underline{1} \quad \underline{2} \quad 3 \quad 5 \quad \underline{5} \quad \underline{3} \quad 2 \quad | \quad 2 \cdot \quad \underline{3} \quad 2 \quad \underline{1} \quad \underline{6} \quad 1 \quad -\|$

平　明　寻　白　羽，　　没　在　石　棱　中。

### 诗乐和鸣

　　这首诗描写了传说中"李广射虎"的情景。音乐通过叙述性的方式，表现了整个"射虎"的过程。古筝通过一些装饰性音调，对"草惊风""夜引弓"等几个精彩的场景进行了渲染。乐曲结尾稳健的节奏和平缓的旋律，表现了"射虎"过程的有惊无险。

109

# 塞下曲（其三）

[唐] 卢 纶

月 黑① 雁 飞 高，
单 于② 夜 遁 逃。
欲 将 轻 骑③ 逐④，
大 雪 满 弓 刀。

## 说字解词

① 月黑：月亮被黑云遮住。
② 单于：匈奴人的首领。
③ 轻骑：轻装骑兵。
④ 逐：追赶。

## 诗情画意

　　黑云遮月的夜晚，受惊的大雁飞向了高空，原来是敌军单于正趁夜色悄悄地逃走。将军率领轻装骑兵前去追赶，纷纷大雪洒满了将士们的弓刀。

# 塞下曲（其三）

[唐] 卢 纶 词

王光明 曲

♩ = 118

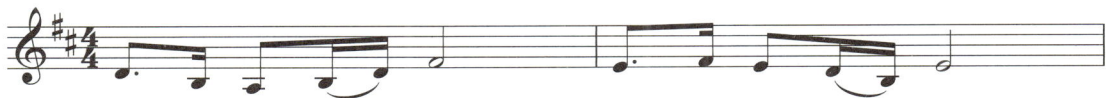

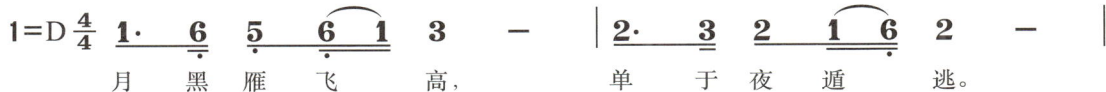

1=D 4/4

| 1· | 6 | 5 | 6 | 1 | 3 | — | 2· | 3 | 2 | 1 | 6 | 2 | — |

月 黑 雁 飞 高， 单 于 夜 遁 逃。

3

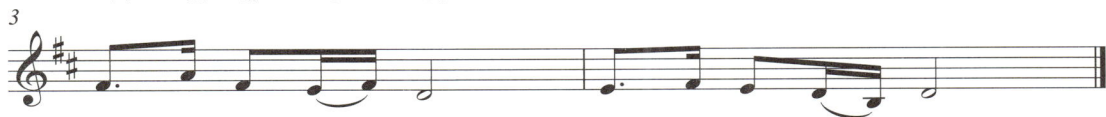

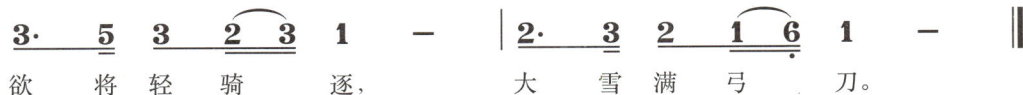

| 3· | 5 | 3 | 2 | 3 | 1 | — | 2· | 3 | 2 | 1 | 6 | 1 | — |

欲 将 轻 骑 逐， 大 雪 满 弓 刀。

## 诗乐和鸣

这首边塞诗描写了戍守边疆的将士雪夜追击逃敌的场景。音乐风格苍凉雄壮，竹笛的演奏极具艺术性，通过颤音以及高亢的上扬音调，表现出边塞将士雪夜飞骑追敌的英勇果敢。铜管乐器的一声齐奏如号角般让人感到振奋激昂。

# 望洞庭

[唐] 刘禹锡

湖光秋月两相和①，
潭②面无风镜未磨③。
遥望洞庭④山水翠，
白银盘里一青螺⑤。

## 说字解词

① **和**：和谐，指水色与月色相互映衬。

② **潭**：这里指洞庭湖水。

③ **镜未磨**：未经磨拭的铜镜，这里比喻月光照在平静的湖面上，迷迷蒙蒙。

④ **洞庭**：洞庭湖，在今湖南省东北部。

⑤ **青螺**：青绿色的田螺，这里用来形容洞庭湖中的君山。

## 诗情画意

洞庭湖的湖光和秋月相互映衬，湖面风平浪静，就像是未经打磨的铜镜。远远望去洞庭湖的山水一片翠绿，就像是白银盘里托着一颗青色的田螺。

# 望洞庭

[唐] 刘禹锡 词

王光明 曲

♩ = 110

1=D 4/4

| 5· 6 5 6 | i 6 i 5 — | 6 i 6 5 3 5 6 | 5 — — — |

湖　光　秋　月　两　相　和，　潭　面　无　风　镜　未　磨。

| 5· 6 i 6 | 5 5 6 3 — | 2 3 5 3 2 2 3 | 1 — — — |

遥　望　洞　庭　山　水　翠，　白　银　盘　里　一　青　螺。

## 诗乐和鸣

这是一首描写洞庭湖美景的山水诗。诗全景式描写了洞庭湖在月光映照下的美景。并通过诗人丰富的想象和巧妙的比喻，为诗歌赋予了情趣。音乐曲调悠扬明快，在木琴的点缀下，表现出山水翠绿、波光粼粼的曼妙景象。

113

# 浪淘沙①

[唐] 刘禹锡

九曲②黄河万里沙，
浪淘风簸③自天涯④。
如今直上银河⑤去，
同到牵牛织女⑥家。

## 说字解词

① **浪淘沙**：唐教坊曲名。
② **九曲**：自古相传黄河有九道弯，因此形容为"九曲"。
③ **浪淘风簸**：形容黄河卷着泥沙在风浪滚滚中颠动。 风簸：风颠动着。
④ **天涯**：天的尽头。
⑤ **银河**：天河，天空中由许多星星汇聚而成的白色星河。
⑥ **牵牛织女**：银河系的两个星座名，民间传说中的两位人物，也可以理解为牵牛星和织女星。

## 诗情画意

　　九曲蜿蜒的黄河裹挟着黄沙奔腾万里之遥，波浪翻涌如狂风从茫茫天涯席卷而来。好像沿着滚滚黄河水就可以直飞上银河，一起去寻访牛郎织女在天上的家园。

# 浪淘沙

[唐] 刘禹锡 词

王光明 曲

♩ = 95

1=D 4/4  3 5 6 i 6  5 3 | 6 - - - | 3 5 6 i 6  5 2 | 3 - - - |

九 曲 黄 河 万 里　沙，　浪 淘 风 簸 自 天　涯。

5

2· 1 2 3 | 5  6 5 3 - | 2 3 5 3 5 6 | 6 - - - ‖

如　今 直 上 银 河　去，　同 到 牵 牛 织 女　家。

### 诗乐和鸣

　　这是一首抒情言志的七言绝句。诗人通过描写万里奔腾的黄河，表达了自己远大的志向和追求。音乐曲风大气雄浑，编配上更多注重对场景的描绘。浓重的打击乐伴随着古筝与竹笛高昂的旋律，表现出黄河汹涌奔腾的壮观景象。

# 秋 词

[唐] 刘禹锡

自 古 逢 秋 悲 寂 寥①，
我 言 秋 日 胜 春 朝②。
晴 空 一 鹤 排③云 上，
便 引 诗 情 到 碧 霄④。

## 说字解词

① 寂寥：萧条，凄凉。
② 春朝：春天。
③ 排：推开，冲上。
④ 碧霄：碧蓝的天空。

## 诗情画意

　　自古以来人们每逢秋天都会感到寂寥和凄凉，我却认为秋天要胜过春天。秋日晴空万里，一只白鹤凌云，我的诗情也随之飞升到了云霄。

# 秋 词

[唐] 刘禹锡 词

王光明 曲

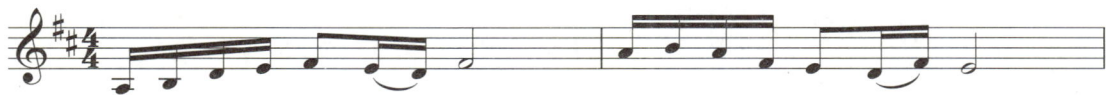

$\text{♩} = 50$

1=D 4/4

```
5̇ 6̇ 1 2  3 2 1 3  —  | 5 6 5 3  2 1 3 2  —  |
自 古 逢 秋 悲 寂 寥，      我 言 秋 日 胜 春 朝。
```

```
2· 1 2 3  5 5 6 5  | 3 3 3 5  3 2 3 1  —  ‖
晴 空 一 鹤 排 云 上，      便 引 诗 情 到 碧 霄。
```

## 诗乐和鸣

　　这首诗通过对秋景的描写，表达了诗人奋发进取、豁达乐观的情怀。音乐风格清新明亮，洒脱自然。钢琴和扬琴的旋律线条与竹笛在高声部长时值的旋律相搭配，扩宽了乐曲的整体音区跨度，增加了音乐的空间感，表现出秋日的清新与爽朗。

# 乌衣巷①

[唐] 刘禹锡

朱雀桥②边野草花③，
乌衣巷口夕阳斜④。
旧时⑤王谢⑥堂前燕，
飞入寻常⑦百姓家。

## 说字解词

① **乌衣巷**：古地名，南京的一个地方，位于夫子庙附近秦淮河之南。
② **朱雀桥**：位于乌衣巷附近，金陵朱雀门外横跨秦淮河的大桥。
③ **花**：动词，开花。
④ **斜**：在此指夕阳西下。
⑤ **旧时**：昔日。
⑥ **王谢**：指当时的豪门大户王导和谢安两大家族。
⑦ **寻常**：平常，普通。

## 诗情画意

朱雀桥边的野草丛中开满了花，乌衣巷口断壁残垣，正是夕阳西斜。昔日在王导和谢安宅院里筑巢的燕子，现在也已飞入了寻常百姓家。

# 乌衣巷

[唐] 刘禹锡 词

王光明 曲

1=D 4/4

| 3· 5 5 3 | 5 5 6 5 - | 6· 1 2 3 | 2 1 6 2 - |

朱 雀 桥 边 野 草 花， 乌 衣 巷 口 夕 阳 斜。

| 3· 5 6 i | 5 3 2 1 - | 2· 3 2 1 | 6 1 2 1 - |

旧 时 王 谢 堂 前 燕， 飞 入 寻 常 百 姓 家。

> ### 诗乐和鸣

　　这是一首咏古抒怀的诗，通过描写夕阳余晖下乌衣巷的景象，抒发了诗人对世事沧桑的感怀。音乐的曲调悠扬婉转，竹笛抒情的旋律伴随着清脆的鸟鸣声，对乌衣巷的景色进行了生动的描绘，钢琴半分解和弦的舒缓旋律又增加了音乐的流动性和层次感。

# 竹枝词①

[唐] 刘禹锡

杨柳青青江水平②，
闻郎江上唱歌声③。
东边日出西边雨，
道④是无晴⑤却有晴。

① **竹枝词**：流传于四川省等地的一种民歌曲调。

② **平**：水面一片平静。

③ **唱歌声**：也作"踏声音"。

④ **道**：说。

⑤ **晴**：与"情"谐音，语义双关。

**诗情画意**

江岸杨柳青青，江面水平如镜。忽然听到江上传来男子唱歌的声音。东边太阳已经出来了，西边却还在下着雨，说是没有晴(情)，却还真有晴(情)。

# 竹枝词

[唐] 刘禹锡 词

王光明 曲

♩ = 115

```
1=D 4/4

5· 6 5 3 | 5 5 6 5 — | 6· 1 2 5 | 5 3 2 3 — |
杨  柳 青 青  江  水 平, 闻 郎 江 上  唱 歌  声。

5· 6 5 3 | 5 6 6 — | 2· 3 5 3 | 2 6 2 1 — |
东  边 日 出  西 边 雨,  道  是 无 晴  却 有  晴。
```

### 诗乐和鸣

　　这是一首描写青年男女爱情的诗。音乐节奏明快，曲调优美，结构上采用起承转合的四句式乐段。乐曲中木琴的分解和弦贯穿始终，节奏欢快，描绘了青年男女互唱情歌的美妙场景。

121

# 赋得①古原草送别

[唐] 白居易

离离原上草，一岁一枯荣②。
野火烧不尽，春风吹又生。
远芳③侵古道，晴翠④接荒城。
又送王孙⑤去，萋萋⑥满别情。

## 说字解词

① **赋得**：唐代科举考试规定，凡是按指定、限定的题目作诗，一般前面要加"赋得"二字。

② **枯荣**：枯萎和茂盛。

③ **远芳**：芳草蔓延到远方。

④ **晴翠**：晴空下翠绿的草原。

⑤ **王孙**：原指贵族子弟，此指友人。

⑥ **萋萋**：形容草木茂盛的样子。

## 诗情画意

原野上长满茂盛的青草，每年秋冬枯萎之后，新的一年又能重新繁茂起来。熊熊的野火也无法把它们烧尽，只要春风吹来，又会重获新生，繁茂依旧。远处的芳草蔓延到了荒凉的古道，晴空下青翠的草原一直连接到远方的荒城。又来送别远行的好友，芳草茵茵也像是满含着别离之情。

# 赋得古原草送别

[唐] 白居易　词

王光明　曲

1=D 4/4　　3· 　3 2 　3 5 | 3 - - - | 2· 　3 2 1 | 2 - - - |

离　　离　原　上　草，　　　一　岁　一　枯　荣。

远　　芳　侵　古　道，　　　晴　翠　接　荒　城。

6· 　5 3 　2 3 | 5 - - - | 2· 　3 2 　1 2 | 1 - - - :||

野　　火　烧　不　尽，　　　春　风　吹　又　生。

又　　送　王　孙　去，　　　萋　萋　满　别　情。

**诗乐和鸣**

这是一首借物抒情的五言律诗，通过对野草的描写抒发了诗人与好友离别的感伤之情。整首音乐节奏舒缓，旋律深沉。钢琴演奏的大分解和弦与箫吹奏的歌唱性旋律相结合，表达了诗人与好友别离时的惆怅与凄凉。

# 池 上

[唐] 白居易

小 娃 撑①小 艇，
偷 采 白 莲 回。
不 解②藏 踪 迹③，
浮 萍④一 道 开。

**说字解词**

① **撑**：用竹竿抵住池底，让船行走。
② **不解**：不明白，不懂得。
③ **踪迹**：行踪。
④ **浮萍**：一类浮在水面、叶子扁平的水生植物。

**诗情画意**

　　一个小孩子撑着小船，悄悄地采了白莲回去。他不知道如何掩藏行船的踪迹，在水面的浮萍上留下了一条船儿划过的痕迹。

# 池 上

[唐] 白居易 词

王光明 曲

♩ = 75

1=D $\frac{4}{4}$

5̣   6̣   1 2 1 | 3 5 5 6 5  —  |

小 娃 撑 小 艇， 偷 采 白 莲 回。

6   i̇   5 6 3 | 2 1 6̣ 2 1  —  ‖

不 解 藏 踪 迹， 浮 萍 一 道 开。

---

**诗乐和鸣**

　　这是一首充满童趣的诗。诗人通过对人物行动和心理的刻画，描绘出了一个天真可爱的孩童形象。音乐曲调悠扬，节奏舒缓。通过扬琴、竹笛和钟琴等乐器的巧妙搭配，生动地刻画了孩童撑船划水的场景，充满了诗情画意。

# 忆江南

[唐] 白居易

江南好，风景旧曾谙①。
日出江花②红胜火，春来江水绿如蓝③。
能不忆④江南？

## 说字解词

① 谙：熟悉。
② 江花：江边的花朵。
③ 蓝：指蓝草。
④ 忆：回忆，想念。

## 诗情画意

　　江南好，我对江南的风景曾经是多么地熟悉。日出江面时，岸边的鲜花开得比火还要红艳。春日来临时，江水如蓝草般碧绿清澈。怎能叫人不想念这如画一般美丽的江南呢？

# 忆江南

[唐] 白居易 词

王光明 曲

$\quad$ = 115

1=D 4/4

5̣ 6̣ 1 — | 2 3 5 1 | 2 — — — | 2· 1 2 3 | 2 1 6̣ — |

江 南 好， 风 景 旧 曾 谙。 日 出 江 花 红 胜 火，

2· 3 2 1 | 6̣ 1 2 1 — | 5· 3 2 2 3 | 1 — — — ‖

春 来 江 水 绿 如 蓝。 能 不 忆 江 南？

**诗乐和鸣**

　　这是一首写景词，通过描写作者对江南美景的回忆，为我们展现了江南美景特有的风采与神韵。音乐风格婉约抒情，自然洒脱。扬琴弹奏出的富有江南地域风格的音乐旋律极具画面感，仿佛把我们带入作者对江南风光的美好回忆之中。

# 大林寺桃花

[唐] 白居易

人间①四月芳菲②尽，
山寺③桃花始④盛开。
长恨⑤春归⑥无觅处，
不知⑦转入此中来。

## 说字解词

① **人间**：指庐山下的平地村落。

② **芳菲**：盛开的花。

③ **山寺**：指大林寺。

④ **始**：刚刚开始。

⑤ **长恨**：常常惋惜。

⑥ **春归**：春天过去了。

⑦ **不知**：想不到。

## 诗情画意

在四月份的时候，百花都已凋零，可大林寺的桃花才刚刚盛开。我常常为春光逝去无处寻觅而惋惜，却不知它已悄悄地转到这里来了。

# 大林寺桃花

[唐] 白居易　词

王光明　曲

♩ = 108

1=D 4/4

5· 6 1 6 | 5 5 6 5 — | 6 1 6 5 3 5 6 | 5 - - - |

人　间　四　月　芳　菲　尽，　山　寺　桃　花　始　盛　开。

2· 3 5 6 | 3 2 1 6̣ — | 2 3 5 3 2 1 2 | 1 - - - ‖

长　恨　春　归　无　觅　处，　不　知　转　入　此　中　来。

## 诗乐和鸣

这是一首纪游诗。诗人借描写桃花来比喻春光，表达了自己对美好春天的眷恋之情。音乐曲风委婉抒情，节奏舒缓。竹笛悠扬的长线条旋律在钢琴抒情的伴奏中把美好的春色演绎得生动传神，表现出这首诗歌特有的意境美。

129

# 暮江吟

[唐] 白居易

一道残阳①铺水中，
半江瑟瑟②半江红。
可怜九月初三夜，
露似真珠③月似弓。

### 说字解词

① **残阳**：即将落山的太阳发出的光，即晚霞。
② **瑟瑟**：此处指碧绿色。
③ **真珠**：即珍珠。

### 诗情画意

一道晚霞铺洒在江面之上，使得一半江水呈碧绿色一半呈艳红色。最迷人的是那九月初三之夜，露珠亮似珍珠，朗朗新月又形如弯弓。

# 暮江吟

[唐] 白居易 词

王光明 曲

♩ = 50

1=D 4/4

5 3̲5̲ 3 2̲1̲ 2 2̲3̲ 6̣ | 2 1̲2̲ 2 1̲6̣̲ 5 2̲3̲ 2 |

一 道 残 阳 铺 水 中， 半 江 瑟 瑟 半 江 红。

5 3̲5̲ 6 5̲3̲ 2 2̲3̲ 6̣ | 2· 3̲ 2̲1̲ 2 6̣̲2̲ 1 |

可 怜 九 月 初 三 夜， 露 似 真 珠 月 似 弓。

## 诗乐和鸣

　　这是一首描写自然美景的诗。诗人通过对傍晚江景的生动描写，表达了自己对自然美景的喜爱。音乐旋律悠扬舒缓，前奏与间奏中钢琴的分解和弦与箫演奏出的抒情旋律，为我们呈现了一幅优美动人的夕阳下江景画卷。

# 目 录

## 国学经典歌曲作品选篇

诗言志，歌永言，声依永，律和声。

——《尚书·舜典》

# 枫桥[①] 夜泊[②]

[唐] 张 继

月 落 乌 啼 霜 满 天，
江 枫[③] 渔 火 对 愁 眠。
姑 苏[④] 城 外 寒 山 寺[⑤]，
夜 半 钟 声 到 客 船。

## 说字解词

① **枫桥**：桥名，在今江苏省苏州市西郊。

② **泊**：停靠。

③ **江枫**：江边的枫树。

④ **姑苏**：苏州的别称。

⑤ **寒山寺**：苏州市枫桥附近的寺院，苏州的名胜之一。

## 诗情画意

明月西沉、乌鸦啼鸣、寒霜漫天，对着江枫和渔火我忧愁难眠。姑苏城外那座清静的寒山古寺，半夜敲出的钟声远远地传到了客船。

# 枫桥夜泊

[唐] 张 继 词

王光明 曲

1=D 4/4

3· 2 3 5 3 6 1 2 | 5· 6 5 3 2 1 2 1

月 落 乌 啼 霜 满 天， 江 枫 渔 火 对 愁 眠。

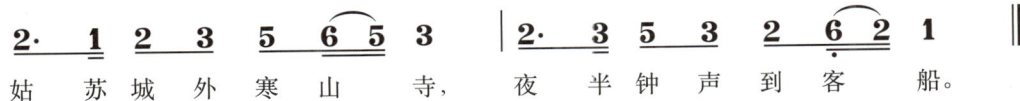

2· 1 2 3 5 6 5 3 | 2· 3 5 3 2 6 2 1

姑 苏 城 外 寒 山 寺， 夜 半 钟 声 到 客 船。

## 诗乐和鸣

　　这是一首写景抒怀的七言绝句，表达了诗人漂泊在外的羁旅之思。音乐旋律深沉，节奏平缓。在阵阵钟声的衬托下，箫委婉低沉的长线条旋律与古筝加入偏音的分解和弦旋律交织在一起，营造出了静谧、萧瑟的秋夜景象。

# 小儿垂钓

[唐] 胡令能

蓬头稚子①学垂纶②，
侧坐莓苔③草映④身。
路人借问⑤遥招手，
怕⑥得鱼惊不应⑦人。

## 说字解词

①**蓬头稚子**：头发蓬乱的小孩子。

②**垂纶**：垂钓。纶：钓鱼用的丝线。

③**莓苔**：野草和青苔。

④**映**：掩映。

⑤**借问**：打听。

⑥**怕**：恐怕。

⑦**应**：回应，回答。

## 诗情画意

一个头发蓬乱的小孩子在水边学垂钓，他侧着身子坐在草丛和青苔之中，绿草遮映着他的身影。听到有路过的人问路便远远地摆了摆手，生怕惊动了鱼儿，所以不敢回应人家。

# 小儿垂钓

[唐] 胡令能 词

王光明 曲

$\flat = 65$

1=D 4/4

5· 6 1 3 2 3 2 1 | 5· 6 1 3 2 5 3

蓬 头 稚 子 学 垂 纶， 侧 坐 莓 苔 草 映 身。

3

2· 1 2 3 5 3 5 6 | 2 2 2 3 5 2 3 1

路 人 借 问 遥 招 手， 怕 得 鱼 惊 不 应 人。

## 诗乐和鸣

这是一首富有童趣的诗，通过描写孩童学钓鱼时的神态和举动，表现出了小孩子的天真有趣。音乐节奏灵动，乐器配置简洁质朴。竹笛与琵琶的音乐旋律相互映衬，生动地表达了诗歌的意境。

# 悯农（其一）

[唐] 李 绅

春 种 一 粒 粟①，
秋 收 万 颗 子②。
四 海 无 闲 田③，
农 夫 犹④ 饿 死 。

**说字解词**

① 粟：谷子，这里泛指粮食的种子。

② 万颗子：收获很多粮食的籽实。

③ 闲田：荒芜的田地。

④ 犹：还是，依然。

**诗情画意**

　　春天种下一粒种子，秋天就能收获很多粮食。天下虽然没有闲置、荒废的田地，但还是有辛劳的农民因饥寒交迫而死。

# 悯 农（其一）

[唐] 李 绅 词

王光明 曲

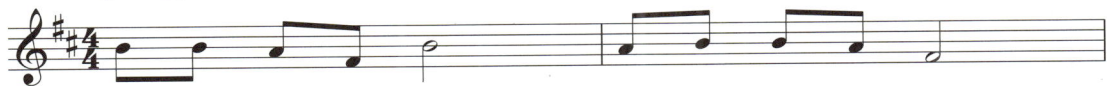

1=D 4/4

6 6 5 3 6 — | 5 6 6 5 3 — |

春 种 一 粒 粟， 秋 收 万 颗 子。

2 1 2 5 3 — | 5 6 6 5 6 — ‖

四 海 无 闲 田， 农 夫 犹 饿 死。

## 诗乐和鸣

　　这首诗歌以质朴的语言揭示了当时民不聊生的社会现状，表达出作者对劳动人民深切的同情。音乐中陶埙空灵的音色贯穿全曲，表达出一种哀婉凄凉的情感。古筝低沉的旋律，也使歌曲表现出一种悲凉之感。

# 悯农（其二）

[唐] 李 绅

锄 禾① 日 当 午②，
汗 滴 禾 下 土 。
谁 知 盘 中 餐③，
粒 粒 皆④ 辛 苦 。

**说字解词**

① **锄禾**：锄去禾苗中的杂草。

② **当午**：正中午，天气最为炎热的时候。

③ **盘中餐**：盘中的食物。

④ **皆**：都是。

**诗情画意**

　　烈日当空的正午农民还在为地里的庄稼锄草，汗水滴入禾苗下的泥土。有谁曾想过我们每天盘中吃的粮食，粒粒都饱含着农民劳动的辛苦。

# 悯 农（其二）

[唐] 李 绅 词

王光明 曲

$\text{♩} = 72$

1=D 4/4

| 6 | 6 | 5 6 3 | 2 3 5 6 3 — |
|---|---|---|---|

锄　禾　日　当　午，　汗　滴　禾　下　土。

3

| 2· | 1 2 3 5 | 6 5 3 2 2 3 | 1 - - - |
|---|---|---|---|

谁　知　盘　中　餐，　粒　粒　　皆　辛　苦。

### 诗乐和鸣

　　这是一首描写农民辛勤劳作的诗。诗人通过对农民劳动场景的描绘，表达了粮食的来之不易以及对农民深切的同情。音乐节奏低沉哀婉，通过大提琴低沉的长线条旋律和钢琴演奏出的和弦琶音，表现了农民劳作的艰难和辛苦。

# 江 雪

[唐] 柳宗元

千 山 鸟 飞 绝①，
万 径② 人 踪 灭③。
孤 舟 蓑 笠④ 翁，
独 钓 寒 江⑤ 雪。

## 说字解词

① **绝**：尽，不见踪影。

② **万径**：虚指，形容千万条小路。

③ **人踪灭**：人都走了，踪迹全无了。

④ **蓑笠**：蓑衣和斗笠。

⑤ **寒江**：冬天冰冷的江水。

## 诗情画意

　　千山万岭的鸟儿都已飞尽，路上也看不到行人的踪影。只有小船上身披蓑衣、头戴斗笠的渔翁，还独自垂钓在飘雪的寒江之上。

# 江 雪

[唐] 柳宗元 词

王光明 曲

♩ = 72

1=D 4/4

| 3 | 3 | 2 5 | 3 — | 2 1 | 2 3 | 2 — |
|---|---|---|---|---|---|---|
| 千 | 山 | 鸟 飞 | 绝， | 万 径 | 人 踪 | 灭。 |

| 3 | 3 | 3 2 5 | 2 1 | 2 3 | 1 — |
|---|---|---|---|---|---|
| 孤 | 舟 | 蓑 笠 翁， | 独 钓 | 寒 江 | 雪。 |

## 诗乐和鸣

　　这首诗描写的是风雪中渔翁在江上独自垂钓的场景，诗歌意境深沉，格调高远。歌曲中弦乐由弱到强的力度变化作为整首音乐的铺陈，听起来使人心境开阔。箫的长线条旋律也增加了音乐的层次感，呈现了一幅渔翁独钓寒江雪的壮阔画面。

# 寻隐者[①]不遇

[唐] 贾 岛

松 下 问 童 子[②]，
言[③]师 采 药 去 。
只 在 此 山 中 ，
云 深 不 知 处[④]。

## 说字解词

① 隐者：居住在山林的隐士。

② 童子：小孩，此处指隐士的徒弟。

③ 言：说。

④ 处：具体的去处。

## 诗情画意

在松树下询问一位小童子，他回答说师父采药去了。只知道在这座大山之中，可是山高云深，不知道具体在何处。

# 寻隐者不遇

[唐] 贾　岛　词

王光明　曲

♩ = 90

1=D 4/4

```
5  5  3  5  6  5  —  |  6·  5  3  2  3  1  —  |
松  下  问  童  子，    言   师  采  药   去。
```

3

```
6·  1  2  3  5  6  5  |  6·  5  3  5  6  5  —  |
只   在  此  山  中  云   深  不  知  处。
```

　　这首诗描写了诗人到山中寻访隐士的场景，充满了情趣和韵味。歌曲旋律悠扬，节奏明快。扬琴若隐若现极具跳跃性的旋律与古筝弹奏的主旋律相辅相成。手鼓作为整首音乐的节奏支撑，极大地增强了音乐的律动性和节奏感，营造了活泼灵动的音乐氛围。

# 山 行

[唐] 杜 牧

远 上 寒 山①石 径②斜，
白 云 生 处③有 人 家。
停 车 坐④爱 枫 林 晚⑤，
霜 叶⑥红 于⑦二 月 花。

## 说字解词

① **寒山**：深秋时节的山。

② **石径**：石头铺成的小路。

③ **生处**：也作深处。

④ **坐**：因为。

⑤ **晚**：晚景。

⑥ **霜叶**：经霜变红的枫叶。

⑦ **于**：比。

## 诗情画意

　　深秋时节上山的小石路显得曲折蜿蜒而又漫长，白云升起的大山深处隐约可以看到几户人家。停下车来逗留是因为喜爱枫树林的晚景，那经过寒霜浸染的枫叶比二月的鲜花显得更为红艳。

# 山 行

[唐] 杜 牧 词

王光明 曲

（五线谱）

♩ = 60

1=D 4/4

5· 6 5 3 2 1 2 1 1 | 5· 6 5 3 2 1 6 2 2
远 上 寒 山 石 径 斜， 白 云 生 处 有 人 家。

2· 1 2 3 5 5 6 5 | 6· 1 6 5 3 2 3 1 1
停 车 坐 爱 枫 林 晚， 霜 叶 红 于 二 月 花。

**诗乐和鸣**

这是一首描写深秋山林美景的七言绝句，通过赞美深秋山林中充满活力的美丽景色，表达了诗人积极向上的乐观情绪。音乐曲调悠扬，节奏欢快。在声声鸟鸣的衬托下，多种乐器相互配合，描绘了一幅着色艳丽的秋日美景图。

# 清 明

[唐] 杜 牧

清明时节①雨纷纷②，
路上行人欲③断魂④。
借问⑤酒家何处有？
牧童遥指杏花村。

## 说字解词

① **时节**：时令，节气。

② **雨纷纷**：小雨淅淅沥沥的样子。

③ **欲**：好似，好像。

④ **断魂**：情绪低落的样子。

⑤ **借问**：请问。

## 诗情画意

　　清明时节下着纷纷细雨，路上羁旅的行人因心情低落而显得失魂落魄。打听附近哪里有酒家，牧童远远指向了杏花村。

# 清 明

[唐]杜 牧 词

王光明 曲

♩ = 53

1=D 4/4

3· 2 3 5 | 1 2 3 | 6· 5 6 3 | 2 1 2 2 |

清 明 时 节 雨 纷 纷， 路 上 行 人 欲 断 魂。

3

3· 2 3 5 | 6 5 6 3 | 2· 3 5 3 | 2 2 3 1 |

借 问 酒 家 何 处 有？ 牧 童 遥 指 杏 花 村。

### 诗乐和鸣

　　这是一首描写清明节场景的诗。音乐中扬琴作为伴奏乐器，以大分解和弦的形式辅助古筝弹奏的主旋律，加上竹笛点缀性的辅助声部，三种不同音色、不同声部的音乐线条相互交织，在雨声衬托下，使乐曲层次丰富并具有极强的代入感。

149

# 江南春

[唐] 杜 牧

千里莺啼绿映①红，
水村山郭②酒旗③风。
南朝四百八十寺④，
多少楼台⑤烟雨⑥中。

## 说字解词

① **映**：映衬。
② **郭**：外城，此处指城镇。
③ **酒旗**：又称"酒幌"，插在酒馆门口招揽客人用的旗子之类。
④ **四百八十寺**：虚数，形容寺院很多。
⑤ **楼台**：亭台楼阁。
⑥ **烟雨**：细雨蒙蒙，如烟如雾。

## 诗情画意

千里江南处处莺歌燕舞柳绿花红，水边的村庄和山上的城郭也是处处酒旗飘动。南朝遗留下了许许多多的古寺建筑，如今仍有无数的亭台楼阁矗立在这朦胧的烟雨之中。

# 江南春

[唐] 杜 牧 词

王光明 曲

♩ = 54

1=D 4/4

5 3 5 6 5 3 3 1 2 | 6· 1 2 1 5 5 2 3 |

千 里 莺 啼 绿 映 红， 水 村 山 郭 酒 旗 风。

5 3 5 6 1 5 3 2 1 | 2· 3 2 1 2 6 2 1 ‖

南 朝 四 百 八 十 寺， 多 少 楼 台 烟 雨 中。

## 诗乐和鸣

　　这是一首描写江南春景的七言绝句。音乐节奏明快，旋律悠扬。竹笛和琵琶与古筝的主旋律相呼应，使乐曲具有鲜明的层次性和空间感，表现出江南春景的广阔、深邃与迷离。

# 秋夕

[唐] 杜 牧

银烛①秋光冷画屏②，
轻罗小扇③扑流萤④。
天阶⑤夜色凉如水，
坐看牵牛织女星。

## 说字解词

① **银烛**：样式精美的银白色蜡烛。

② **画屏**：用彩画装饰的屏风。

③ **轻罗小扇**：一种轻巧的丝质小团扇。

④ **流萤**：飞舞的萤火虫。

⑤ **天阶**：露天的石阶。

## 诗情画意

秋夜里银烛的微光映照着冷清的画屏，宫女手中拿着绫罗小扇扑打着四处飞舞的萤火虫。夜色里的石阶清凉如水，她又独自坐在那里静静地看着天上的牛郎和织女星。

# 秋 夕

[唐] 杜 牧 词

王光明 曲

♩ = 85

1=D 4/4

5 5 3 2 3 5 6 | 5 - - - | 6 6 6 5 3 2 1 | 2 - - - |

银 烛 秋 光 冷 画 屏， 轻 罗 小 扇 扑 流 萤。

2· 3 5 3 | 2 2 1 6̣ - | 5 5 5 3 2 1 2 | 1 - - - ‖

天 阶 夜 色 凉 如 水， 坐 看 牵 牛 织 女 星。

## 诗乐和鸣

这是一首写景的诗，通过描写清冷的秋夜景色，表现出宫女内心的孤寂与哀怨。音乐旋律哀婉，节奏沉稳。箫独具风格的音色在钢琴大线条分解和弦的旋律伴奏下，营造了静谧的音乐氛围，表现了秋夜的萧瑟与凄冷。

# 赤 壁

[唐] 杜 牧

折戟①沉沙铁未销②，
自将磨洗③认前朝。
东风④不与周郎⑤便，
铜雀⑥春深锁二乔⑦。

## 说字解词

① **折戟**：折断的戟。戟，古代一种兵器。

② **销**：销蚀。

③ **磨洗**：磨光洗净。

④ **东风**：指三国时期一个战役——火烧赤壁。

⑤ **周郎**：指周瑜，三国时期东吴的重要军事将领。

⑥ **铜雀**：即铜雀台。

⑦ **二乔**：东吴乔公的两个女儿大乔和小乔，分别嫁于孙策与周瑜为妻，合称"二乔"。

## 诗情画意

在赤壁的水底泥沙中，发现了一支古老的铁戟，还没有被岁月销蚀掉，经过磨洗清理发现这竟是当年赤壁之战遗留下来的古物。我不禁感慨当年如果东风不助周瑜一臂之力，结局恐怕是曹操取胜，"二乔"都会被锁进曹操的铜雀台之中。

# 赤 壁

[唐] 杜 牧 词

王光明 曲

♩ = 85

1=D 4/4

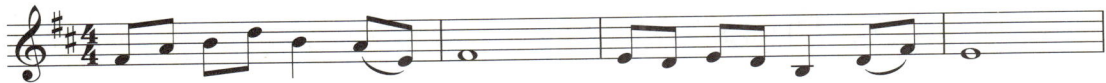

3 5 6 i 6 5 2 | 3 - - - | 2 1 2 1 6̣ 1 3 | 2 - - - |
折戟沉沙铁未　销，　　　自将磨洗认前　朝。

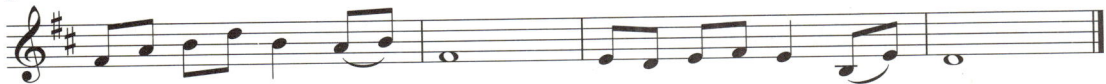

3 5 6 i 6 5 6 | 3 - - - | 2 1 2 3 2 6̣ 2 | 1 - - - ‖
东风不与周郎　便，　　　铜雀春深锁二　乔。

## 诗乐和鸣

　　这是一首咏史怀古的七言绝句。音乐曲调深沉，节奏沉稳。通过多种乐器的巧妙搭配，体现出了音乐旋律的多样性和层次感。竹笛演奏出的叹息式音调极富感染力，表现了诗人对历史沧桑的感怀之情。

155

# 泊秦淮①

[唐] 杜 牧

烟②笼寒水月笼沙，
夜泊秦淮近酒家。
商女③不知亡国恨，
隔江犹唱后庭花④。

## 说字解词

① **秦淮**：即秦淮河。
② **烟**：烟雾。
③ **商女**：以卖唱为生的歌女。
④ **后庭花**：曲名《玉树后庭花》的简称。

## 诗情画意

轻烟和月色笼罩着寒水和白沙，夜晚将船停泊在秦淮河边临近岸上的酒家。卖唱的歌女根本不懂得什么叫亡国之恨，仍在江对岸吟唱着《玉树后庭花》。

# 泊秦淮

[唐]杜 牧 词
王光明 曲

♩ = 90

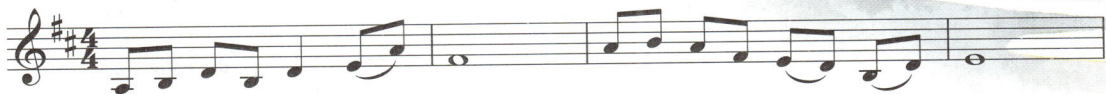

1=D 4/4

5̲ 6̲ | 1̲ 6̲ 1 2̲ 5 | 3 - - - | 5̲ 6̲ 5̲ 3 2̲ 1̲ 6̲ 1 | 2 - - - |

烟 笼 寒 水 月 笼 沙， 夜 泊 秦 淮 近 酒 家。

2· 3̲ 5 3̲ 5 | 2 1̲ 2̲ 6̲ - | 2̲ 3̲ 2̲ 1̲ 2 6̲ 2 | 1 - - - ‖

商 女 不 知 亡 国 恨， 隔 江 犹 唱 后 庭 花。

## 诗乐和鸣

　　这是一首即景感怀的诗，表达了诗人对秦淮河畔奢靡生活的鄙视。音乐曲调深沉，通过钢琴在强拍上的单音加持以及木琴跳跃性的装饰音调，表达出诗人夜泊秦淮时的所见所感，揭露了晚唐统治者沉溺声色、醉生梦死的腐朽生活。

# 牧 童

［唐］吕 岩

草铺横野[1]六七里，
笛弄[2]晚风三四声。
归来饱饭黄昏后，
不脱蓑衣卧月明[3]。

## 说字解词

① **横野**：辽阔的原野。
② **弄**：玩弄，逗弄。
③ **卧月明**：躺着看天上的明月。

## 诗情画意

青草仿佛铺满了六七里的广袤原野，断断续续的牧笛声逗弄着寂寥的晚风。牧童回来吃饱了饭，已是黄昏之后，他连蓑衣也不脱，就躺在草地上悠闲地看着天空的明月。

# 牧 童

[唐] 吕 岩 词

王光明 曲

♩ = 53

1=D 4/4

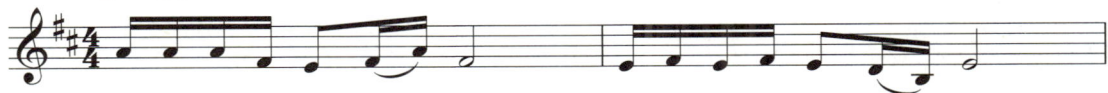

5 5 5 3 | 2 3 5 3 3 — | 2 3 2 3 2 1 6 2 — |
草 铺 横 野 六 七 里，笛 弄 晚 风 三 四 声。

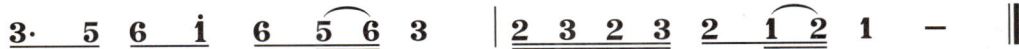

3· 5 6 i 6 5 6 3 | 2 3 2 3 2 1 2 1 1 — |
归 来 饱 饭 黄 昏 后，不 脱 蓑 衣 卧 月 明。

## 诗乐和鸣

　　这首诗描绘了一幅有趣的牧童晚归休憩图，通过对人物和景物的描写，表达出乡村田园生活的恬静。音乐风格活泼，节奏灵动。竹笛悠扬的长线条旋律与木琴跳跃性的律动相互配合，表现了小牧童天真可爱的性格和安然的生活状态。

159

# 蜂

[唐] 罗 隐

不 论 平 地 与 山 尖，
无 限 风 光 尽① 被 占②。
采 得 百 花 成 蜜 后，
为 谁 辛 苦 为 谁 甜？

## 说字解词

① 尽：全部。
② 占：占据，指到处都有蜜蜂的影子。

## 诗情画意

　　无论是在广阔的平地还是在高高的山峰，凡是风光美好的鲜花盛开之处，都有小蜜蜂忙碌的身影。但是它们采集百花酿成蜂蜜之后，到头来却不知自己的劳动成果会被谁所享用？

# 蜂

[唐] 罗 隐 词

王光明 曲

1=D 4/4

3· 5̲3̲ 3 2̲1̲ | 3̲5̲ 6̲5̲ 5 — | 6· 1̲6̲ 5̲3̲ 2 1̲6̲2̲ 2 — |

不 论 平 地 与 山 尖， 无 限 风 光 尽 被 占。

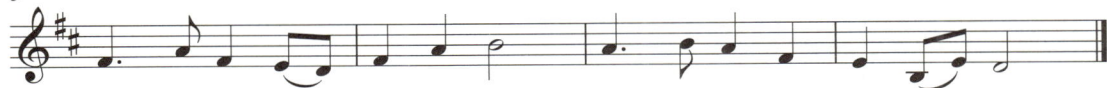

3· 5̲3̲ 3 2̲1̲ | 3 5 6 — | 5· 6̲5̲ 3 | 2 6̲2̲1̲ 1 — ‖

采 得 百 花 成 蜜 后， 为 谁 辛 苦 为 谁 甜？

## 诗乐和鸣

　　这是一首咏物寓理的诗。诗人借描写蜜蜂，赞美了广大辛勤劳动的人民，并表达出对剥削他人劳动成果行为的讽刺。音乐编配独具一格，特别是在前奏和间奏中，四种不同乐器演奏出的四音音型，以及弦乐密集的颤音演奏，生动地展现了小蜜蜂飞舞采蜜的场景。

# 秋 思

[唐] 张 籍

洛 阳 城 里 见 秋 风，
欲 作 家 书 意 万 重①。
复 恐 匆 匆 说 不 尽，
行 人② 临 发③ 又 开 封④。

① **意万重**：思绪万重。
② **行人**：指送信的人。
③ **临发**：即将出发。
④ **开封**：拆开本已经封好的书信。

诗情画意

　　洛阳城里又刮起了秋风，不由让人思绪万千，想写封书信以表达对家人的思念。又担心匆忙间有什么没有写到之处，于是在送信人即将出发时又打开了信封反复查看。

# 秋 思

[唐] 张 籍 词

王光明 曲

♩ = 53

1=D  4/4

3. 2 3 2 3 5 6 5 | 6. 1 6 5 3 2 1 6 2 |

洛 阳 城 里 见 秋 风， 欲 作 家 书 意 万 重。

3

1. 2 3 6 5 3 2 1 | 2. 3 2 1 6 1 2 1 |

复 恐 匆 匆 说 不 尽， 行 人 临 发 又 开 封。

## 诗乐和鸣

　　这是一首抒发思乡之情的七言绝句。通过
对环境以及诗人寄信过程的描写，表达了诗人
客居在外时真切而质朴的思乡之情。音乐节奏
平和，旋律深沉。箫长线条的下行旋律配合风
声的音效，表现了秋风萧瑟的凄凉意境。

163

# 登幽州台①歌

[唐] 陈子昂

前 不 见 古 人②，
后 不 见 来 者③。
念 天 地 之 悠 悠④，
独 怆 然⑤而 涕 下！

## 说字解词

① **幽州台**：即蓟北楼，又称蓟丘，是燕昭王为招纳天下贤士而建。幽州：古十二州之一，现今北京市大兴县。

② **古人**：指古代那些能够礼贤下士的圣君。

③ **来者**：指后世尊重人才的君主。

④ **悠悠**：形容时间的长久和空间的广大。

⑤ **怆（chuàng）然**：悲伤的样子。

## 诗情画意

　　向前看不见古之贤君，向后又看不见后世之明主。一想到天地悠悠，无穷无尽，不禁倍感凄凉而独自落泪！

# 登幽州台歌

[唐] 陈子昂　词

王光明　曲

♩ = 105

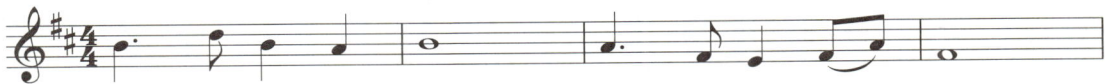

1=D 4/4

6· $\underline{i}$ 6 5 | 6 - - - | 5· $\underline{3}$ 2 $\overline{3\ 5}$ | 3 - - - |

前　不 见 古　人，　后　不 见 来　者。

2· $\underline{1}$ 2 3 | 5· $\underline{6}$ 5 - | $\dot{2}$ $\underline{i}$ 6 5 $\overline{6\ i}$ | 6 - - - ‖

念　天 地 之 悠　悠，　独 怆 然 而 涕　下！

### 诗乐和鸣

　　这首古体诗是诗人登幽州台时触景生情所作。诗前后句法长短不一，音节抑扬变化，张弛有力。乐曲中箫的高声部旋律以其低沉而空灵的音色，营造出一种凄婉的氛围，表现了诗人内心的感慨与悲凉。

# 逢雪宿芙蓉山主人①

[唐] 刘长卿

日　暮　苍　山　远，
天　寒　白　屋②　贫。
柴　门③　闻　犬　吠，
风　雪　夜　归　人④。

**说字解词**

① 宿芙蓉山主人：意为在芙蓉山主人家借宿。
② 白屋：茅草屋，多指贫穷人家居住的简陋房屋。
③ 柴门：用碎柴做成的门，贫穷人家大多以此做门。
④ 夜归人：夜晚投宿的人。

**诗情画意**

　　暮色中苍茫的大山显得更加遥远，寒冷的天气使得住在茅屋里的人家生活更加贫寒。柴门后面传来了几声狗叫，这是风雪之夜外面来了投宿之人。

# 逢雪宿芙蓉山主人

[唐] 刘长卿 词

王光明 曲

1=D 4/4

日 暮 苍 山 远， 天 寒 白 屋 贫。

柴 门 闻 犬 吠， 风 雪 夜 归 人。

**诗乐和鸣**

这首诗描写了诗人在风雪之夜山中投宿的情景。音乐通过陶埙空灵而低沉的音色，表现了诗人在雪夜赶路时的孤独。弦乐持续性的颤音，配合古筝在分解和弦中加入的偏音元素，更衬托出了山野的荒凉。

# 寒 食

[唐] 韩 翃

春城①无处不飞花②，
寒食东风御柳③斜。
日暮汉宫传④蜡烛，
轻烟散入五侯⑤家。

## 说字解词

① **春城**：暮春时的长安城。

② **飞花**：指飘落的柳絮和花瓣。

③ **御柳**：皇宫御苑中的柳树。

④ **传**：这里指恩赐。

⑤ **五侯**：这里泛指天子近幸之臣。

## 诗情画意

　　暮春时的皇城到处飞舞着柳絮和落花，寒食节的东风吹斜了宫中的柳枝。傍晚皇宫中忙着传送蜡烛，袅袅的烟火都散入到王侯贵戚的家中了。

# 寒 食

[唐] 韩 翃 词

王光明 曲

♩ = 50

1=D 4/4

$\underline{3}$· $\underline{5}$ $\underline{6}$ $\underline{5}$ $\underline{3}$ $\underline{2}$ $\underline{1}$ 3 | $\underline{2}$ $\underline{2}$ $\underline{2}$ $\underline{3}$ $\underline{5}$ $\underline{5}$ $\underline{6}$ 3 —

春 城 无 处 不 飞 花，　寒 食 东 风 御 柳 斜。

3

$\underline{2}$· $\underline{1}$ $\underline{2}$ $\underline{3}$ $\underline{5}$ $\underline{5}$ $\underline{3}$ 2 | $\underline{2}$ $\underline{3}$ $\underline{2}$ $\underline{1}$ $\underline{\dot{6}}$ $\underline{1}$ $\underline{2}$ 1 —

日 暮 汉 宫 传 蜡 烛，　轻 烟 散 入 五 侯 家。

## 诗乐和鸣

　　这首诗描写了寒食节长安城的景象。乐曲比较注重对环境的细节描写，弦乐组的顿弓演奏与古筝旋律搭配在一起，表现了"春城无处不飞花"的纷繁景象。通过沙锤弱进强出的形式演奏出风吹杨柳的声音，强化了场景的代入感。

169

# 望月怀远

[唐] 张九龄

海上生明月，天涯共此时。

情人①怨遥夜②，竟夕③起相思。

灭烛怜④光满，披衣觉露滋。

不堪盈手⑤赠，还寝梦佳期。

## 说字解词

① **情人**：指作者与他的亲人。

② **遥夜**：长夜。

③ **竟夕**：通宵，一整夜。

④ **怜**：爱。

⑤ **盈手**：双手捧满。

## 诗情画意

海上升起一轮明月，此时你我即使远隔天涯也可以同时欣赏。有情之人都怨恨月夜漫长，是因为夜不能眠而产生无尽的思念。熄灭蜡烛怜爱这满屋的月光，我披衣徘徊深感夜露寒凉。不能把这美好的月色捧给你，只希望能够与你相见于梦乡之中了。

# 望月怀远

[唐] 张九龄 词

王光明 曲

♩ = 72

1=D 4/4

5̣ 6̣ 1 2 3 | 2 1 1 6̣ 1 − | 2 3 5 6 5 |

海 上 生 明 月， 天 涯 共 此 时。 情 人 怨 遥 夜，

2 3 2 1 2 − | 5̣ 6̣ 1 2 3 | 2 1 1 6̣ 1 − |

竟 夕 起 相 思。 灭 烛 怜 光 满， 披 衣 觉 露 滋。

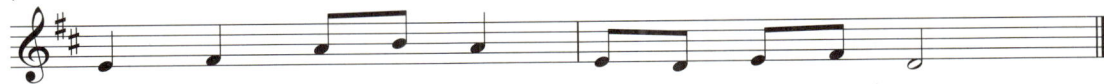

2 3 5 6 5 | 2 1 2 3 1 − ‖

不 堪 盈 手 赠， 还 寝 梦 佳 期。

## 诗乐和鸣

　　这是一首表达诗人思念之情的诗。音乐曲调深沉抒情，情感表达细腻。采用四句式乐段写成，通过箫长线条的抒情副旋律与古筝主旋律的巧妙搭配，以及钢琴波浪式的分解和弦与海浪音效的结合，营造了海上月夜的清冷意境。

# 嫦娥

[唐] 李商隐

云母屏风①烛影深，
长河②渐落晓星沉。
嫦娥应悔偷灵药，
碧海③青天夜夜心。

**诗情画意**

云母屏风上烛影暗淡，银河慢慢地沉落，星辰也渐渐消失。月中的嫦娥应该是悔恨当初偷吃了灵药，如今只能面对着碧海青天夜夜孤守了。

# 嫦 娥

[唐] 李商隐 词
玉光明 曲

♩ = 82

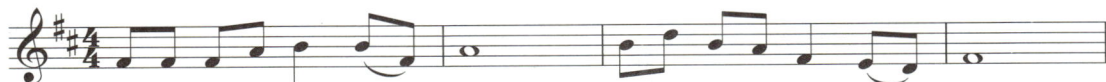

1=D 4/4

3 3 3 5 6 6 3 | 5 - - - | 6 1 6 5 3 2 1 | 3 - - - |

云母屏风烛影　深，　　长河渐落晓星　沉。

5

2 3 2 3 5 2 3 | 2 - - - | 2 3 2 3 2 1 6 | 1 - - - ‖

嫦娥应悔偷灵　药，　　碧海青天夜夜　心。

### 诗乐和鸣

　　这是一首诗人借描写月中的嫦娥来抒发自己内心感伤之情的诗。音乐风格哀婉深沉，节奏平缓。乐器配置简洁质朴，弦乐演奏出的富有鲜明强弱对比的震音音型使音乐更具抒情性。竹笛和箫的旋律所营造的音乐氛围，增强了音乐静谧的意境。

# 乐游原

[唐] 李商隐

向 晚① 意② 不 适③，
驱 车 登 古 原④。
夕 阳 无 限 好，
只 是 近⑤ 黄 昏。

① **向晚**：临近晚上，即傍晚。

② **意**：感到。

③ **不适**：指心情不高兴。

④ **古原**：即乐游原。

⑤ **近**：临近。

诗情画意

　　傍晚的时候我感觉心情不太舒畅，便驾车登上了乐游原。看到夕阳这般的美好，只可惜已临近黄昏，再美好的风景也是转瞬即逝了。

# 乐游原

[唐] 李商隐 词

王光明 曲

1=D 4/4

5· 6 1 — | 2 2 3 2 — | 2· 3 2 1 6 | 2 - - - |

向　晚　意　不　适，　驱　车　登　古　原。

2· 3 5 — | 3 3 2 1 — | 2· 3 2 6 2 | 1 - - - ‖

夕　阳　无　限　好，　只　是　近　黄　昏。

**诗乐和鸣**

　　这是一首即景抒怀的诗，描写了诗人在黄昏登临乐游原时的情景。音乐中扬琴对古筝主旋律的末尾音进行了点缀与修饰。略带惆怅的音乐风格表达了诗人在观赏美景时的思考和感慨。

175

# 蝉

[唐] 虞世南

垂緌①饮清露，
流响②出疏③桐。
居高声自远，
非是藉④秋风。

## 说字解词

① 緌：古人结在颔下的帽缨下垂的部分，这里指蝉的触须，形状与其有些相似。

② 流响：形容声音连续不断且传得很远。

③ 疏：开阔，稀疏。

④ 藉：凭借，依赖。

## 诗情画意

　　蝉垂下如冠缨般的触角低饮着清露，蝉鸣声从梧桐树疏朗的枝叶间传出。它身居高处，即使不用借助秋风，声音依然可以远传四方。

# 蝉

[唐] 虞世南 词
王光明 曲

♩ = 104

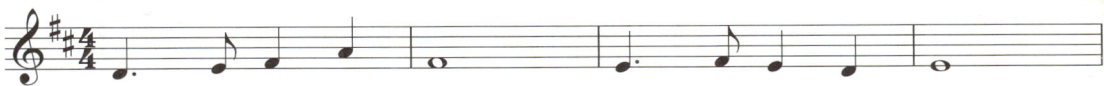

1=D 4/4  1· 2 3 5 | 3 - - - | 2· 3 2 1 | 2 - - - |
　　　　　垂　綾 饮 清　露，　　流　响 出 疏　桐。

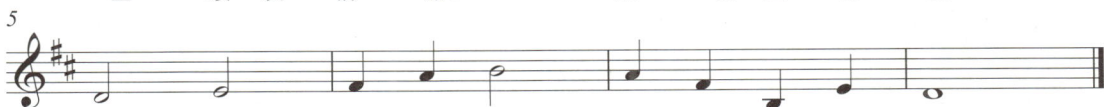

1 - 2 - | 3 5 6 - | 5 3 6 2 | 1 - - - ‖
居 高 声 自 远，　非 是 藉 秋　风。

## 诗乐和鸣

　　这是一首咏物诗，通过赞美蝉居于高处的高洁清雅，寓意人只有像蝉那样做到洁身自好、志向高远，才能自强自立、声名远扬。音乐节奏平和，通过各种乐器的巧妙搭配，使乐曲富有流动感，表现出了蝉在枝头持续的鸣叫声。

# 送杜少府①之任蜀州②

[唐] 王 勃

城阙辅③三秦④，风烟望五津⑤。
与君离别意，同是宦游⑥人。
海内存知己，天涯若比邻。
无为⑦在歧路⑧，儿女共沾巾⑨。

## 说字解词

① **少府**：官名。

② **蜀州**：今四川省崇州市。

③ **辅**：护卫。

④ **三秦**：指长安城附近的关中之地，即今陕西省潼关以西一带，故地关中地区，现将中国陕西的陕南、陕北、关中并称"三秦"。

⑤ **五津**：指岷江的五个渡口，即白华津、万里津、江首津、涉头津、江南津。这里代指蜀州。

⑥ **宦游**：出外做官。

⑦ **无为**：无须、不必。

⑧ **歧路**：岔路。古人送行常在大路分岔处告别。

⑨ **沾巾**：形容落泪之多，意思是挥泪告别。

## 诗情画意

三秦之地拱卫着都城长安，在风云与烟雾中遥望着五津。和你的离别，心中饱含着无限的情意。因为我们同是离乡在外的宦海中人。只要四海之内有知己在，即使远在天涯海角也如同近邻一般。因此我们岔道分手之时，就不必儿女情长泪洒满巾了。

# 送杜少府之任蜀州

[唐] 王 勃 词

王光明 曲

♩ = 110

1=D 4/4

6· 5̲3 i̇ | 6 - - - | 5· 6̲5 2 | 3 - - - | 2· 1̲2 3̲5̄ |

城 阙 辅 三 秦， 风 烟 望 五 津。 与 君 离 别

3 - - - | 5· 6̲5 2̲5̄ | 3 - - - | 6· 5̲3 i̇ | 6 - - - | i̇· 2̲̇i̇ 6̲3̄ |

意， 同 是 宦 游 人。 海 内 存 知 己， 天 涯 若 比

5 - - - | 6· i̲6 5̲3 | 2 - - - | 5· 3̲2 1̲2 | 1 - - - ‖

邻。 无 为 在 歧 路， 儿 女 共 沾 巾。

## 诗乐和鸣

　　这是一首描写送别场景的诗，本诗意在慰勉友人勿在离别之时悲哀，体现出诗人的高远志向和旷达的胸怀。音乐中箫的简短旋律以及钢琴上行音调的分解和弦与竹笛的副旋律相配合，使音乐风格更加抒情感人。

# 乞巧

[唐]林 杰

七夕今宵看碧霄[1]，
牵牛织女渡河桥。
家家乞巧望秋月，
穿尽红丝几万条[2]。

## 说字解词

① **碧霄**：浩瀚无际的碧蓝天空。

② **几万条**：形容数量多。

## 诗情画意

七夕之夜望着浩瀚无际的碧蓝天空，仿佛可以看到牛郎织女在横跨银河的鹊桥上相会。家家户户都在一边观赏秋月一边穿针乞巧，穿过的红线应该都有几万条了吧。

# 乞 巧

[唐] 林 杰 词

王光明 曲

1=D 4/4

3· 2 3 5 6 3 5 | 5· 6 5 3 2 5 3

七 夕 今 宵 看 碧 霄， 牵 牛 织 女 渡 河 桥。

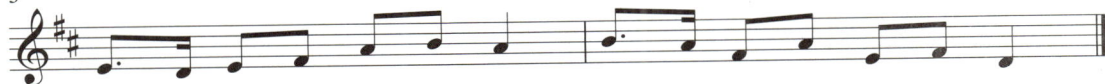

2· 1 2 3 5 6 5 | 6· 5 3 5 2 3 1

家 家 乞 巧 望 秋 月， 穿 尽 红 丝 几 万 条。

## 诗乐和鸣

　　这是一首描写七夕节情景的诗。诗人通过描写牛郎织女的神话传说和穿针乞巧的节日习俗，为我们呈现出一幅美妙的七夕节场景图。音乐风格自然洒脱，竹笛吹奏的长线条旋律与钢琴的抒情旋律交织在一起，营造出一种唯美的音乐氛围。

# 黄鹤楼

[唐] 崔 颢

昔人①已乘②黄鹤去，此地空③余黄鹤楼。
黄鹤一去不复返，白云千载空悠悠④。
晴川⑤历历⑥汉阳树，芳草萋萋⑦鹦鹉洲。
日暮乡关⑧何处是？烟波江上使人愁。

## 说字解词

① 昔人：传说古代有一位仙人，在此乘鹤登仙。

② 乘：驾。

③ 空：只。

④ 悠悠：飘荡的样子。

⑤ 川：平原。

⑥ 历历：清楚可数。

⑦ 萋萋：形容草木茂盛的样子。

⑧ 乡关：故乡。

## 诗情画意

　　昔日的仙人已经乘着黄鹤飞去，只留下一座空荡荡的黄鹤楼矗立在这里。黄鹤一去再也没有回来，千百年来只空留下悠悠的白云飘荡天空。晴空白日下的汉阳树木清晰可见，也能看清芳草繁茂的鹦鹉洲。天色渐晚，遥望故乡不知在何方，看江面烟波渺渺更使人感到无尽的烦恼与忧愁。

# 黄鹤楼

[唐] 崔　颢　词

王光明　曲

♩ = 53

1=D 4/4

5· 3 5 6 | i i 6 5 | 6· i 6 5 3 2 1 6· 2 |

昔　人　已　乘　黄　鹤　去，　此　地　空　余　黄　鹤　楼。

晴　川　历　历　汉　阳　树，　芳　草　萋　萋　鹦　鹉　洲。

3

2· 1 2 3 5 5 6 5 | 6· i 6 5 3 2 3 1 |

黄　鹤　一　去　不　复　返，　白　云　千　载　空　悠　悠。

日　暮　乡　关　何　处　是？　烟　波　江　上　使　人　愁。

## 诗乐和鸣

这是一首吊古怀乡的七言律诗，在描绘黄鹤楼壮阔风景的同时，也表达出诗人内心的孤寂与哀愁。音乐曲调悠远深长，曲风略带伤感。竹笛在高音区演奏出的长线条旋律悠长而抒情，在钢琴和小打击乐器的渲染下使得乐曲更具有代入感。

# 江上渔者

[宋] 范仲淹

江 上 往 来 人，
但<sup>①</sup>爱 鲈 鱼<sup>②</sup>美<sup>③</sup>。
君 看 一 叶 舟<sup>④</sup>，
出 没<sup>⑤</sup>风 波 里。

## 说字解词

① 但：只。

② 鲈鱼：一种味道鲜美的淡水鱼。

③ 美：鲜美的味道。

④ 一叶舟：一只小船。

⑤ 出没：若隐若现。

## 诗情画意

江上来来往往的人们，只知道喜爱鲈鱼鲜美的味道。你看那一叶小小渔舟，时隐时现在滔滔风浪里，是多么的艰辛悲苦。

# 江上渔者

[宋] 范仲淹 词

王光明 曲

1=D 4/4

| 5 | 3 | 2 5 | 3 | 3 2 | 3 2 | 6̣ | — |

江　上　往　来　人，　但　爱　鲈　鱼　美。

| 2 | 1 | 2 3 | 5 | 2 1 | 6̣ 2 | 1 | — |

君　看　一　叶　舟，　出　没　风　波　里。

## 诗乐和鸣

　　这是一首描写江上捕鱼人的诗，表达了诗人对当时劳动人民悲苦命运的同情与怜悯。音乐曲调哀婉，节奏平缓。通过巧妙运用古琴的泛音以及竹笛的颤音等乐器演奏技法，再搭配箫低沉的音色，表现了渔民在风浪中艰苦劳作的场景。

# 元日①

[宋] 王安石

爆竹声中一岁除②，
春风送暖入屠苏③。
千门万户曈曈④日，
总把新桃换旧符⑤。

## 说字解词

① 元日：每年的农历正月初一，即春节。

② 除：过去。

③ 屠苏：即屠苏酒，用屠苏草浸泡而成，古时人们认为饮用此酒可以辟邪。

④ 曈曈：太阳初升，温暖明亮的样子。

⑤ 新桃换旧符：用新桃符换下旧桃符。桃符：就是现在的新春对联。古时习俗，用桃木板画神荼、郁垒二神来压邪，元日用新桃符换下旧桃符。

## 诗情画意

伴随着喧闹的爆竹之声，旧的一年已经过去，春风送暖，人们都畅饮着节日的屠苏酒。初升的太阳普照着千家万户，大家都忙着取下旧桃符换上新桃符，祈求新的一年平安幸福。

# 元 日

[宋] 王安石 词

王光明 曲

♩ = 120

1=D 4/4 5· 3̲5 5̲6 | 1̇ 6̇1̇ 5 - | 6· 1̇ 6̇5̲3 | 2 1̲2̲3 - |

　　　　爆　竹　声中　一岁　除，春　风送　暖　入屠　苏。

5

2· 1̲2 2̲3 | 5 5̲6̲5 - | 6· 1̇ 6̇5̲3 | 2 1̲2̲1 - ‖

　　　千　门万　户　瞳瞳　日，总　把新　桃　换旧　符。

**诗乐和鸣**

　　这首诗歌描写了人们迎接新年时的喜庆景象。音乐风格喜悦祥和，充满了浓浓的节日气息。在爆竹声的衬托下，小打击乐器所演奏的欢快节奏贯穿乐曲始终，伴随着各种乐器的欢乐律动，共同营造了热闹喜庆的氛围。

# 书<sup>①</sup>湖阴先生<sup>②</sup>壁

[宋] 王安石

茅檐<sup>③</sup>长<sup>④</sup>扫净无苔，
花木成畦<sup>⑤</sup>手自栽。
一水护田<sup>⑥</sup>将绿绕，
两山排闼<sup>⑦</sup>送青来。

## 说字解词

① 书：题写。

② 湖阴先生：本名杨德逢，号湖阴先生，隐居之士，诗人的朋友。

③ 茅檐：茅草屋檐，代指房屋庭院。

④ 长：常常。

⑤ 成畦：经过修整后成垄成行的田地。

⑥ 护田：指河水围绕着田野。

⑦ 排闼（tà）：开门。

## 诗情画意

茅草屋的庭院被经常打扫，所以干净的连一丝青苔都没有，整齐成畦的花木也都是由主人亲手栽种。一条清澈的小河环绕着绿油油的农田，两座大山仿佛打开了大门，送来无限青翠的山色风光。

# 书湖阴先生壁

[宋] 王安石 词

王光明 曲

1=D 4/4

茅 檐 长 扫 净 无 苔， 花 木 成 畦 手 自 栽。

一 水 护 田 将 绿 绕， 两 山 排 闼 送 青 来。

**诗乐和鸣**

这是一首写景的七言绝句。诗人通过对湖阴先生居住环境的描写，赞美了他高洁清雅的隐士风范。音乐曲调婉转悠扬，竹笛与古筝等乐器演奏出的美妙旋律，搭配流水声、鸟鸣声将湖阴先生所居住的清雅环境表现了出来。

# 梅 花

[宋] 王安石

墙 角 数 枝 梅，
凌 寒① 独 自 开。
遥 知② 不 是 雪，
为③ 有 暗 香④ 来。

① **凌寒**：冒着严寒。

② **遥知**：从远处就能知道。

③ **为**：因为。

④ **暗香**：幽香。

墙角有几枝梅花，不畏严寒独自绽放着。从远处看去就知道那洁白的花朵不是雪，因为它会随风飘来阵阵沁人的幽香。

# 梅 花

[宋] 王安石 词

王光明 曲

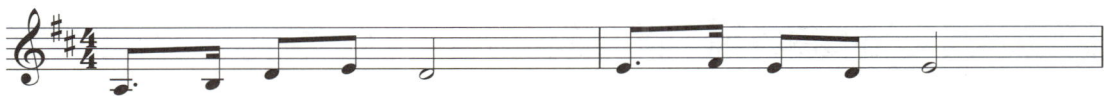

1=D 4/4

5· 6 1 2 1 — | 2· 3 2 1 2 — |
墙 角 数 枝 梅， 凌 寒 独 自 开。

3 5 1 2 6 | 2 5 2 1 2 1 — |
遥 知 不 是 雪， 为 有 暗 香 来。

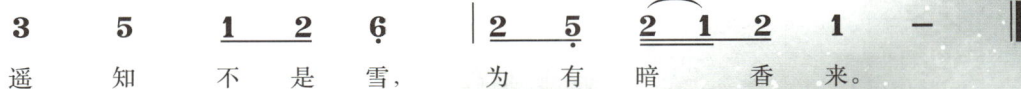

**诗乐和鸣**

　　这是一首赞颂梅花高洁品格的诗。诗人通过描写梅花的生长环境和外在特征，赞美了它高洁的气度和风骨。音乐风格清新典雅，乐器配置简洁明了，通过古筝等乐器演奏出来的优美旋律，生动传神地刻画出了一棵傲立于风雪之中的美丽梅花。

# 泊①船瓜洲②

[宋] 王安石

京口③瓜洲一水间④，
钟山⑤只隔⑥数重山。
春风又绿⑦江南岸，
明月何时照我还⑧。

## 说字解词

① 泊：停船靠岸。

② 瓜洲：在长江北岸，扬州南面。

③ 京口：今江苏省镇江市。

④ 一水间：一江之隔。

⑤ 钟山：今江苏省南京市紫金山。

⑥ 隔：间隔。

⑦ 绿：吹绿。

⑧ 还：返归。

## 诗情画意

　　京口与瓜洲两个地方只有一江之隔，和钟山也仅仅只隔了几座山。和煦的春风又吹绿了大江南岸，不知明月什么时候才能照着我返回故乡？

# 泊船瓜洲

[宋] 王安石 词

王光明 曲

♩ = 82

1=D 4/4

3· 5̲ 6 5 | 3 2̲1̲3 - | 6· 1̇ 6 5 | 3 2̲1̲2 - |
京　口　瓜　洲　一　水　间，　钟　山　只　隔　数　重　山。

3· 5̲ 6 5 | 1 2̲5̲3 - | 2· 3̲2 1 | 6̣ 1̲2̲1 - ‖
春　风　又　绿　江　南　岸，　明　月　何　时　照　我　还。

## 诗乐和鸣

　　这是一首借景抒情的七言绝句，表达了诗人对家乡的思念之情。音乐的前奏中以箫所吹奏的旋律为主，与古筝演奏的主旋律相辅相成，在旋律的布局上体现出一定的延续性和层次感。

# 六月二十七日[①] 望湖楼[②] 醉书[③]

[宋] 苏 轼

黑 云 翻 墨[④] 未 遮 山,
白 雨[⑤] 跳 珠[⑥] 乱 入 船。
卷 地 风[⑦] 来 忽 吹 散,
望 湖 楼 下 水 如 天[⑧]。

## 说字解词

① **六月二十七日**：北宋神宗熙宁五年(1072)六月二十七日。

② **望湖楼**：古建筑名，又叫看经楼。位置在今天的浙江省杭州市西湖湖畔。

③ **醉书**：醉酒时写的作品。

④ **黑云翻墨**：像泼墨一般的乌云在天上翻滚。

⑤ **白雨**：雨很大，看上去白花花的。

⑥ **跳珠**：跳动的水珠，形容雨点大而杂乱。

⑦ **卷地风**：贴着地面卷起的风。

⑧ **水如天**：水天一色的景象。

## 诗情画意

　　乌云汹涌如泼墨但还没有遮盖住大山，白花花的雨点好像蹦跳的珍珠纷纷飞溅入船。一阵大风卷地而来，吹散了满天的乌云，瞬间望湖楼下平静的湖面上又呈现出一派水天一色的碧水晴空。

# 六月二十七日望湖楼醉书

[宋] 苏 轼 词

王光明 曲

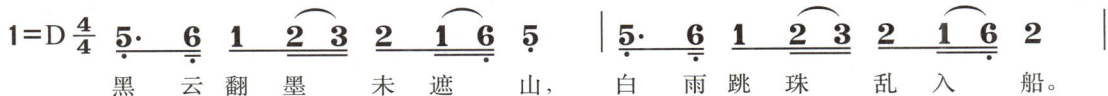

1=D 4/4

5· 6 1 2 3 2 1 6 5 | 5· 6 1 2 3 2 1 6 2 |

黑 云 翻 墨 未 遮 山， 白 雨 跳 珠 乱 入 船。

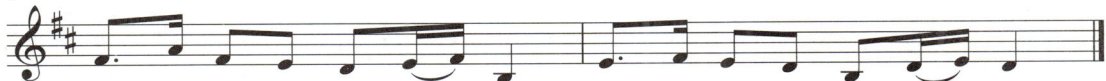

3· 5 3 2 1 2 3 6 | 2· 3 2 1 6 1 2 1 |

卷 地 风 来 忽 吹 散， 望 湖 楼 下 水 如 天。

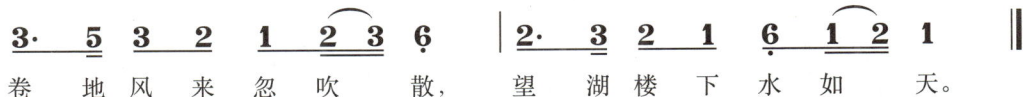

诗乐和鸣

　　这首诗描写了夏日西湖雨中和雨后的景色。音乐开头扬琴与木琴的旋律与风铃声交织在一起，在竹笛长线条旋律的衬托下表现出西湖上风雨交加的场景。音乐结尾处风铃声再一次单独出现好似云开雨散、雨过天晴，将诗的意境演绎得惟妙惟肖。

195

# 饮湖上初晴后雨

[宋] 苏 轼

水 光 潋 滟① 晴 方 好②，
山 色 空 蒙③ 雨 亦④ 奇⑤。
欲 把 西 湖 比 西 子⑥，
淡 妆 浓 抹 总 相 宜⑦。

## 说字解词

① **潋滟**：水面波光粼粼的样子。

② **好**：正好。

③ **空蒙**：烟雨迷蒙的样子。

④ **亦**：也。

⑤ **奇**：奇妙，美妙。

⑥ **西子**：即西施，中国古代四大美人之一，春秋时期越国的美女。

⑦ **相宜**：合适。

## 诗情画意

晴日里波光粼粼的西湖景色非常美好，山色迷蒙的雨中景致也非常奇妙。如果把西湖比作美女西施，不管淡妆还是浓抹都同样美丽动人。

# 饮湖上初晴后雨

[宋] 苏 轼 词

王光明 曲

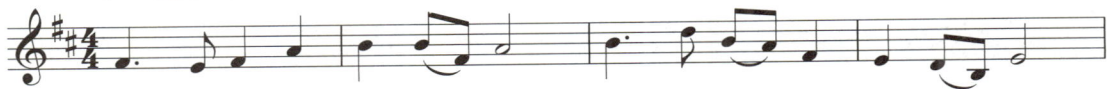

1=D 4/4

3· 2 3 5 | 6 6 3 5 — | 6· 1 6 5 3 | 2 1 6 2 — |

水　光潋滟晴方好，　山色空蒙雨亦奇。

3· 5 6 1 | 6 5 6 3 — | 2 3 5 3 2 2 3 | 1 - - - ‖

欲　把西湖比西子，　淡妆浓抹总相宜。

　　这是一首描写西湖美景的诗。音乐节奏灵动，旋律悠扬。弦乐的拨弦贯穿始终，跳跃性的律动特征生动表现了西湖晴天和雨天截然不同的美妙风光。如此迷人景色，不禁让人对西湖更加心驰神往。

# 惠崇<sup>①</sup> 春江晚景

[宋] 苏 轼

竹外桃花三两枝，
春江水暖鸭先知。
蒌蒿<sup>②</sup>满地芦芽<sup>③</sup>短，
正是河豚欲上<sup>④</sup>时。

### 说字解词

① **惠崇**：一位宋代的僧人，擅长诗歌和绘画。
② **蒌蒿**：一种草本植物，生长在河滩上，可食用。
③ **芦芽**：芦苇的幼芽。
④ **上**：指代河豚逆流而上。

### 诗情画意

竹林外的桃花刚刚开了两三枝，鸭子们因为最先感知到江水变得温暖而在水中欢快地嬉戏。河滩上蒌蒿遍地，芦苇也发出了短短的嫩芽，这个美好的季节也正是河豚逆流而上的时候了。

# 惠崇春江晚景

[宋] 苏 轼 词

王光明 曲

1=D 4/4

3· 2 3 5 | 3 1 2 3 — | 2· 3 2 1 | 6̣ 1 3 2 — |

竹　外　桃　花　三　两　枝，　春　江　水　暖　鸭　先　知。

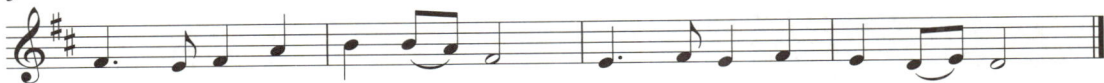

3· 2 3 5 | 6 6 5 3 — | 2· 3 2 3 | 2 1 2 1 — ‖

蒌　蒿　满　地　芦　芽　短，　正　是　河　豚　欲　上　时。

### 诗乐和鸣

　　这是一首内容生动的题画诗。音乐风格活泼灵动，节奏欢快紧凑。音乐使用弦乐的拨奏技法作为整首歌曲的律动支持，通过多种音乐编配方式，增强了乐曲表现力，在鸭叫和流水等自然音效的衬托下，为我们描绘出一幅优美生动的春江晚景图。

# 题①西林壁②

[宋] 苏 轼

横看③成岭侧成峰，
远近高低各不同。
不识庐山真面目，
只缘④身在此山中。

## 说字解词

① **题**：题写。

② **西林壁**：即西林寺的墙壁，寺院位于江西省庐山脚下。

③ **横看**：从正面看。庐山是南北走向，横看就是从东面或西面看。

④ **缘**：因为。

## 诗情画意

庐山横看是山岭侧看则是山峰，从远近高低各个角度看过去姿态也各不相同。我们之所以看不清楚庐山真实的面目，是因为我们身在此山之中。

# 题西林壁

[宋] 苏 轼 词

王光明 曲

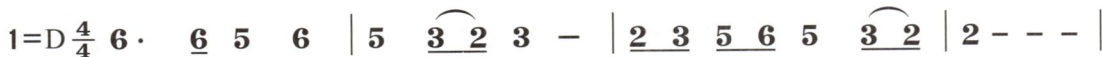

```
1=D 4/4
6· 6 5 6 | 5 3 2 3 — | 2 3 5 6 5 3 2 | 2 — — — |
横   看 成 岭 侧 成 峰，  远 近 高 低 各 不 同。
```

```
2· 3 5 6 | 3 2 1 6̣ — | 5 6 5 3 2 1 2 | 1 — — — ‖
不   识 庐 山 真 面 目，  只 缘 身 在 此 山 中。
```

**诗乐和鸣**

　　这是一首借景喻理的七言绝句。诗人通过描写庐山变幻多姿的风貌和雄伟的气势，表达了自己对庐山美景的喜爱和对人生的感悟。音乐通过钢琴与扬琴共同演奏的分解和弦，表现了庐山的壮阔与秀美。

201

# 赠刘景文

[宋] 苏 轼

荷 尽① 已 无 擎② 雨 盖，
菊 残③ 犹 有 傲 霜 枝。
一 年 好 景④ 君 须 记，
正 是 橙 黄 橘 绿 时⑤。

**说字解词**

① **荷尽**：荷花枯萎凋谢。
② **擎**：举，托着。
③ **菊残**：菊花凋谢。
④ **好景**：美好的景致。
⑤ **橙黄橘绿时**：指秋末冬初，橙子金黄、橘子青绿的时节。

**诗情画意**

　　荷花凋谢，连那擎雨的荷叶也已枯萎，虽然菊花也已花残叶落，但是那傲视寒霜的花枝依然挺立在寒风之中。一年中最好的景致请君一定要记住，那就是在这橙子金黄、橘子青绿的晚秋时节。

# 赠刘景文

[宋] 苏 轼 词

王光明 曲

♩ = 100

1=D 4/4

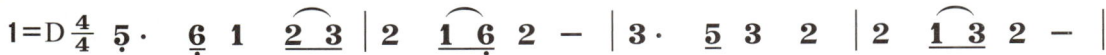

```
5· 6 1  2 3  | 2  1 6  2 —  | 3· 5 3  2  | 2  1 3  2 — |
荷  尽 已 无  攀 雨 盖，  菊  残 犹 有  傲 霜 枝。
```

```
3· 2 3  5  | 6  6 5  3 —  | 2· 3 2  3  | 2  1 2  1 — ‖
一  年 好 景  君 须 记，  正  是 橙 黄  橘 绿 时。
```

诗乐和鸣

　　这是一首诗人写给好友的勉励诗。诗借景喻理，通过描写深秋的景物，表达了诗人勉励好友乐观向上、积极进取的美好愿望。音乐旋律舒缓，运用同一声部的多种乐器的音色相混合，增强了音乐的层次性。木琴以多次模进下行的四音音阶来表现晚秋枯叶掉落的景象，增加了音乐的代入感。

# 如梦令·常记溪亭日暮

[宋] 李清照

常记①溪亭日暮，沉醉不知归路。
兴尽晚回舟，误入藕花②深处。
争渡③，争渡，惊起一滩鸥鹭。

## 说字解词

① **常记**：常常想起。
② **藕花**：荷花。
③ **争渡**：奋力划船渡过。

## 诗情画意

　　常常回忆起那一次在溪亭游玩到日暮时分，沉醉在其中忘记了离开。一直玩到尽兴才乘舟返回，却不小心误进入了藕花的深处。我奋尽全力想要划船出去，划桨声惊飞了一群栖息在水中的鸥鹭。

# 如梦令·常记溪亭日暮

[宋] 李清照 词

王光明 曲

1=D  4/4

5  3 5 6  5 3  | 2· 1 6  —  | 2· 3 2  1 6  | 5· 6 5  —  |

常 记 溪 亭 日 暮， 沉 醉 不 知 归 路。

5  —  6  5 3  | 2  1 2 6  —  | 2· 3 2  1  | 2  6 2 1  —  |

兴 尽 晚 回 舟， 误 入 藕 花 深 处。

5  6 5  —  | 6  3 6 5  —  | 6 5 3 2  1  2 3  | 1  —  —  —  ‖

争 渡， 争 渡， 惊 起 一 滩 鸥 鹭。

**诗乐和鸣**

　　这是一首描写美好往事的忆昔词。音乐旋律悠扬，节奏舒缓。前奏中扬琴的下行旋律与古筝和竹笛的旋律交织在一起，表现出流水潺潺、波光粼粼的迷人景象。

# 夏日绝句

[宋] 李清照

生 当 作 人 杰①，
死 亦 为 鬼 雄②。
至 今 思 项 羽③，
不 肯 过 江 东。

**说字解词**

① **人杰**：人中豪杰。

② **鬼雄**：鬼中的英雄。

③ **项羽**：即历史上的西楚霸王项羽。

**诗情画意**

　　活着应当成为人中之豪杰，死后也要做鬼中之英雄。人们现在还感怀当年项羽的英雄气概，只因为他不肯屈辱偷生退回江东。

# 夏日绝句

[宋] 李清照 词

王光明 曲

1=D 4/4

| 6· | 5̲ 6 | i̲ | 6 - - - | 5· | 6̲ 5 | 2 | 3 - - - |

生 当 作 人 杰， 死 亦 为 鬼 雄。

| 2· | 1̲ 2 | 3 | 5 | 6̲ 5̲ 3 | - | 5· | 3̲ 5 | 6 | 6 - - - |

至 今 思 项 羽， 不 肯 过 江 东。

### 诗乐和鸣

这是一首咏史言志的五言绝句。诗人借描写项羽豪迈的英雄气概，抒发了自己满腔的爱国之情。音乐中小打击乐器衬托着竹笛的旋律，在弦乐富有动力的节奏推动下，表现了慷慨悲壮的音乐风格。

# 三衢<sup>①</sup> 道中<sup>②</sup>

[宋] 曾 几

梅 子 黄 时<sup>③</sup> 日 日 晴，

小 溪 泛 尽<sup>④</sup> 却 山 行。

绿 阴 不 减 来 时 路，

添 得 黄 鹂<sup>⑤</sup> 四 五 声。

## 说字解词

① 三衢：在今天的浙江省衢州常山县，因境内有三衢山而得名。

② 道中：路途中。

③ 梅子黄时：指五月，梅子成熟的季节。

④ 小溪泛尽：乘舟到小溪的尽头。

⑤ 黄鹂：也叫黄莺，叫声响亮婉转。

## 诗情画意

梅子成熟的季节天天都是晴朗的好天气，乘舟沿小溪而行直到尽头再改走山路。山路上绿树成荫丝毫不逊于水路上的风景，树林深处几声黄鹂清脆的啼鸣更增添了情趣。

# 三衢道中

[宋] 曾 几 词

王光明 曲

♩ = 55

1=D 4/4

5 6 5 3 2 1 2 3 —｜5 6 5 3 2 1 3 2 —｜
梅 子 黄 时 日 日 晴， 小 溪 泛 尽 却 山 行。

5· 6 i 6 5 5 6 3｜2 3 5 3 2 6 1 —‖
绿 阴 不 减 来 时 路， 添 得 黄 鹂 四 五 声。

**诗乐和鸣**

　　这是一首描写三衢山初夏美景的诗。通过描写诗人游览三衢山时的所见所闻，表达了诗人轻松愉悦的心情。音乐在清脆悦耳的鸟鸣声中，通过扬琴、竹笛和木琴等乐器的巧妙搭配，营造出一种清新明丽、生机盎然的氛围，让人听后如漫步于自然山水之间，顿觉心旷神怡。

# 清平乐①·村居②

[宋] 辛弃疾

茅檐低小，溪上青青草。

醉里吴音③相媚好④，白发谁家翁媪⑤？

大儿锄豆溪东，中儿正织鸡笼。

最喜小儿亡赖⑥，溪头卧剥莲蓬。

## 说字解词

① 《清平乐》：唐教坊曲名，后用为词牌。

② 村居：住在乡村里，农家。

③ 吴音：当时吴地的方言。

④ 相媚好：彼此融洽的交流。

⑤ 翁媪（ǎo）：老翁与老妇的并称，亦指年老的父母。

⑥ 亡（wú）赖：这里指调皮而可爱。

## 诗情画意

　　草屋的茅檐又低又小，溪边长满了青青的小草。人们操着略有醉意的吴地方言快乐地交谈，听起来融洽而又美好，不知这对满头白发的老人是谁家的双亲父母？大儿子在小溪东面的豆田里锄草，二儿子正忙着编织鸡笼。最招人喜爱的是顽皮的小儿子，他正悠闲地卧在溪头剥着刚刚摘下的莲蓬。

# 清平乐·村居

[宋] 辛弃疾 词

王光明 曲

♩ = 62

1=D 4/4

5· 6 5 3 ‖ 1 — | 2· 3 2 1 ‖ 2 — | 5· 6 1 2 3 5 3 |

茅 檐 低 小， 溪 上 青 青 草。 醉 里 吴 音 相 媚 好，

2· 3 5 3 2 3 1 | 3· 3 3 2 3 5 3 | 2· 3 2 1 2 3 2 |

白 发 谁 家 翁 媪？ 大 儿 锄 豆 溪 东， 中 儿 正 织 鸡 笼。

6· 5 3 2 3 5 3 | 2· 3 2 1 2 3 1 ‖

最 喜 小 儿 亡 赖， 溪 头 卧 剥 莲 蓬。

## 诗乐和鸣

　　这是一首描写田园生活的词，描绘了一个五口之家生活的场景。歌曲采用主副歌的结构形式创作，通过弦乐的拨弦以及贝斯的切分节奏与主旋律中附点节奏相吻合，体现出较为强劲的动力感，用灵动的音乐旋律表现出乡村生活的轻松与祥和。

# 西江月①·夜行黄沙道中

[宋] 辛弃疾

明月别枝惊鹊，清风半夜鸣蝉。
稻花香里说丰年，听取蛙声一片。
七八个星天外，两三点雨山前。
旧时②茅店③社林边，路转溪桥忽见④。

#### 诗情画意

明亮的月光从树枝间略过，惊飞了枝头栖息的喜鹊，清风吹拂的夜晚知了也在不停地鸣叫。人们沉浸在稻花的香气中谈论着丰收的年景，耳边传来阵阵青蛙的叫声好像也在表达着丰收的喜悦。远处的天边还有几颗星星在闪耀，近处的山前竟然下起了淅淅沥沥的小雨。人们忙找村社附近旧时的茅店避雨，直到在溪头转了个弯，茅店才忽然出现在了众人的眼前。

# 西江月·夜行黄沙道中

[宋] 辛弃疾 词

王光明 曲

♩ = 56

1=D 4/4

| 5 5 3 5 6 1 5 — | 6 6 1 6 5 3 2 — | 2· 1 2 3 5 5 6 5 |
明 月 别 枝 惊 鹊， 清 风 半 夜 鸣 蝉。 稻 花 香 里 说 丰 年，

| 3 3 5 3 2 3 1 — | 3 3 2 3 5 6 5 — | 6 6 5 3 2 1 2 — |
听 取 蛙 声 一 片。 七 八 个 星 天 外， 两 三 点 雨 山 前。

| 2· 1 2 3 5 5 6 5 | 3 3 5 3 2 3 1 — ‖
旧 时 茅 店 社 林 边， 路 转 溪 桥 忽 见。

## 诗乐和鸣

　　这是一首描写山间夜景的词。通过对自然景物的描写，表现了夏夜山间的生机与情趣。音乐始终贯穿着由弦乐演奏的切分音型，用轻松欢快的音乐风格营造出夜晚黄沙道的美妙景色。

213

# 游山西村

[宋] 陆 游

莫笑农家腊酒①浑，丰年留客足鸡豚②。
山重水复疑无路，柳暗花明又一村。
箫鼓追随春社近，衣冠简朴古风存③。
从今若许④闲乘月⑤，拄杖无时⑥夜叩门。

## 说字解词

① **腊酒**：腊月里酿造的酒。

② **足鸡豚**：意思是菜肴丰盛，有鸡肉也有猪肉。豚，小猪，诗中代指猪肉。

③ **古风存**：保留着古时留下的传统风俗。

④ **若许**：如果。

⑤ **闲乘月**：有空闲时趁着月光前来。

⑥ **无时**：随时。

## 诗情画意

可别笑农家腊月里酿的酒浑浊，在这丰收的年景里待客的菜肴可是非常的丰盛。前方山峦重叠水流曲折正担心无路可走之时，眼前忽然柳绿花艳又出现了一个山村。吹箫打鼓的春社日已经临近，村民们衣冠简朴古时的风气依然留存。如果可以乘着美好月色出外闲游，我一定拄着拐杖随时来叩响你的家门。

# 游山西村

[宋] 陆　游　词

王光明　曲

莫　笑农家　腊酒浑，丰　年留客　足鸡豚。山　重水复

疑无　路，柳暗花明又一　村。　箫　鼓追随　春社近，

衣　冠简朴　古风　存。从今若许闲乘月，拄杖无时夜叩　门。

**诗乐和鸣**

　　这是一首写景抒情的七言律诗，描写了田园村庄的山水美景和质朴淳厚的乡土民风。音乐旋律悠扬，节奏舒缓。在古筝和扬琴的共同衬托下，箫与竹笛配合所演奏出的悠扬旋律，表达了诗人对乡村淳朴生活的热爱与向往。

# 十一月四日风雨大作

[宋] 陆 游

僵卧①孤村不自哀，
尚思为国戍轮台②。
夜阑③卧听风吹雨，
铁马④冰河⑤入梦来。

## 说字解词

① **僵卧**：躺卧不起。这里形容自己穷居孤村，无所作为。
② **戍轮台**：这里指戍守边疆。
③ **夜阑**：深夜将尽之时。
④ **铁马**：披着铁甲的战马。
⑤ **冰河**：冰封的河流，指北方地区的河流。

## 诗情画意

我穷居孤村僵卧不起，但没有为自己的处境而感到悲哀，心中只想着为国家戍守边疆。深夜将尽之时我躺在床上听着外面风吹雨打，恍惚间梦到自己骑着铁甲战马跨过冰封的河流去征战疆场。

216

# 十一月四日风雨大作

[宋] 陆 游 词

王光明 曲

♩ = 53

1=D 4/4

6· 5 | 3 2 | 3 i | 6 | 5 6 5 6 | 5 2 5 | 3 — |

僵 卧 孤 村 不 自 哀, 尚 思 为 国 戍 轮 台。

2· 1 | 2 3 | 5 3 | 5 6 | 2 2 2 3 | 5 1 2 | 1 — |

夜 阑 卧 听 风 吹 雨, 铁 马 冰 河 入 梦 来。

## 诗乐和鸣

　　这是一首抒发诗人爱国情怀的七言绝句，描写了诗人晚年虽境遇困顿，身体衰弱，但还是希望能为国征战的豪迈气概。乐曲中陶埙吹奏的带有偏音的哀婉旋律，在大鼓的节奏衬托下，表现了诗人梦中征战疆场的悲壮场景。

217

# 示儿①

[宋] 陆 游

死去元知②万事空③，
但④悲不见九州同⑤。
王师⑥北定⑦中原⑧日，
家祭⑨无忘告乃翁⑩。

## 说字解词

① **示儿**：写给儿子们看。

② **元知**：原本就知道。元，同"原"。

③ **空**：一切都没有了。

④ **但**：只是。

⑤ **同**：统一。

⑥ **王师**：朝廷的军队。

⑦ **北定**：将北方收复。

⑧ **中原**：指北方被金人侵占的地区。

⑨ **家祭**：祭祀家中祖先。

⑩ **乃翁**：你们的父亲，这里指诗人陆游。

## 诗情画意

　　我原本就知道人死之后万事皆空，只是因为看不到国家的统一而悲伤叹息。等到朝廷大军收复北方失地的时候，你们在家祭之日可千万不要忘记把这个消息告知我。

# 示 儿

[宋] 陆 游 词

王光明 曲

♩ = 50

1=D 4/4

```
6· 5  3  2  1  2   3  | 2 2 2 3  5  5 6  3  —  |
死  去 元 知 万 事  空，  但 悲 不 见 九 州  同。
```

3

```
2· 3  2  1  2  3  5  | 6 5 3 5  2  1 2  1  —  ‖
王  师 北 定 中 原 日，  家 祭 无 忘 告 乃  翁。
```

## 诗乐和鸣

　　这是一首抒发诗人爱国情怀的七言绝句，表达了诗人因临终时未能看到国家收复失地而流露出的遗憾与悲叹。音乐激昂中带有伤感，乐曲在大鼓和弦乐具有动力性的音符衬托下，通过箫的独特音色表达了诗人内心的哀伤与愤懑。

219

# 秋夜将晓出篱门迎凉有感

[宋] 陆 游

三万里<sup>①</sup>河<sup>②</sup>东入海，
五千仞岳<sup>③</sup>上摩天。
遗民<sup>④</sup>泪尽胡尘<sup>⑤</sup>里，
南望王师又一年。

### 说字解词

① 三万里：虚数，形容很长。

② 河：指黄河。

③ 岳：此指西岳华山。

④ 遗民：指被金军占领区内的同胞民众。

⑤ 胡尘：胡人兵马践踏起的尘土，此处指金人的残暴统治。

### 诗情画意

万里长的滔滔黄河向东流入大海，千仞高的华山巍峨高耸直入云天。被胡人占领地区的同胞们眼泪也许早已流干，但依然年复一年地盼望着朝廷大军早日收复失地并重整河山。

# 秋夜将晓出篱门迎凉有感

[宋]陆 游 词

王光明 曲

♩ = 102

1=D 4/4

```
6 6 6 5  6  5 3  2  —  | 1 2 3 6  5  3 2  3  —  |
```
三 万 里 河 东 入 海，　　五 千 仞 岳 上 摩 天。

```
2· 1 2 3  5  5 6 5  | 6 i 6 5  3  6 2  1  —  ||
```
遗 民 泪 尽 胡 尘 里，　　南 望 王 师 又 一 年。

## 诗乐和鸣

　　这是一首表达诗人爱国情怀的七言绝句，既歌颂了祖国山河的壮美，又表达了诗人对沦陷地区同胞们的同情。音乐的风格深沉而悲壮，箫在中低音区吹奏的抒情旋律作为音乐的开端，与随后古筝的旋律相结合，在浪潮声的衬托下，表达了诗人内心的愤懑之情。

# 四时①田园杂兴（其二十五）

[宋] 范成大

梅子金黄杏子肥②，
麦花③雪白菜花④稀。
日长⑤篱落⑥无人过，
惟有⑦蜻蜓蛱蝶⑧飞。

## 说字解词

① **四时**：即四季。

② **肥**：饱满。

③ **麦花**：荞麦花。

④ **菜花**：油菜花。

⑤ **日长**：指夏季的白天较长。

⑥ **篱落**：即篱笆。

⑦ **惟有**：只有。

⑧ **蛱蝶**：蝴蝶的一种，翅膀赤黄色，有黑色条纹。

## 诗情画意

现在正是梅子金黄杏子肥的美好时节，荞麦花一片雪白，油菜花差不多落尽，正在结籽。夏季白天渐长，篱笆墙边却无人经过，只有蜻蜓和蝴蝶绕着篱笆自由自在地飞来飞去。

# 四时田园杂兴（其二十五）

[宋] 范成大 词

王光明 曲

♩ = 110

1=D 4/4

5 6 5 6 5 3 2 | 3 - - - | 2 3 2 3 2 1 6̣ | 2 - - - |
梅 子 金 黄 杏 子 肥， 麦 花 雪 白 菜 花 稀。

5̣· 6̣ 1 2 | 3 5̣ 6 3 - | 2 3 5 3 2 1 6̣ | 1 - - - ‖
日 长 篱 落 无 人 过， 惟 有 蜻 蜓 蛱 蝶 飞。

### 诗乐和鸣

这是一首描写夏日美景的田园诗。音乐风格轻松灵动，节奏舒缓。扬琴演奏的装饰下行音阶，配合竹笛悠扬的长线条旋律，在阵阵清脆的鸟鸣声衬托下使音乐极富画面感，为我们呈现了一幅恬静优美的田园风光图。

# 四时田园杂兴（其三十一）

[宋] 范成大

昼出耘田①夜绩麻②，
村庄儿女各当家③。
童孙④未解⑤供⑥耕织，
也傍⑦桑阴⑧学种瓜。

## 说字解词

① 耘田：在田里锄草。

② 绩麻：搓麻成线。

③ 当家：主持家务劳动。

④ 童孙：孩童。

⑤ 未解：不明白，不懂得。

⑥ 供：从事，参加。

⑦ 傍：靠近。

⑧ 桑阴：桑树树荫下。

## 诗情画意

　　白天到田里锄草，晚上在家搓麻线，村里的男男女女各自忙着自己手里的农活。孩子们虽然还不会耕田织布，但是也在桑树的树荫下学着种起了瓜。

# 四时田园杂兴（其三十一）

[宋] 范成大 词

王光明 曲

♩ = 110

1=D  4/4

5· 3 5 6 | 5 2 3 2 — | 6· 1 2 5 | 5 3 2 3 — |

昼　出　耘　田　夜　绩　麻，　村　庄　儿　女　各　当　家。

5· 6 5 3 | 5 6 6 — | 2· 3 5 3 | 2 1 2 1 — ‖

童　孙　未　解　供　耕　织，　也　傍　桑　阴　学　种　瓜。

## 诗乐和鸣

　　这是一首清新自然的田园诗。通过对农家日常劳作和孩童学种瓜等场景的描写，表现出浓郁的田园生活气息。音乐风格活泼，节奏欢快，尤其是木琴点缀性的跳跃节奏和弦乐的拨弦演奏相结合，加强了音乐的律动感，表达了诗歌的意境。

# 小 池

[宋] 杨万里

泉眼无声惜①细流，
树阴照水②爱晴柔③。
小荷才露尖尖角④，
早有蜻蜓立上头。

## 说字解词

① **惜**：爱惜。

② **照水**：映照在水面上。

③ **晴柔**：晴日里柔和的风光。

④ **尖尖角**：未舒展开的娇嫩小荷叶。

## 诗情画意

　　泉眼里的泉水无声地细细流淌，好像特别珍惜流出的每一滴泉水一样，映照在水中的树影也好像特别喜爱这晴日里柔美的风光。荷叶刚从水面露出尖尖的叶角，早就有一只蜻蜓立在了它的上头。

# 小 池

[宋] 杨万里　词

王光明　曲

1=D 4/4

1·　2　3　5　3　2　1　｜　1·　2　3　6　5　2　3　｜

泉　眼　无　声　惜　细　流，　树　阴　照　水　爱　晴　柔。

6·　1　2　1　5　6　3　｜　2·　3　5　3　2　6　1　‖

小　荷　才　露　尖　尖　角，　早　有　蜻　蜓　立　上　头。

**诗乐和鸣**

　　这是一首描写夏日池塘美景的七言绝句。本诗分别通过对动态和静态景物的描写，表现出了池塘充满生机与活力的秀美景色。音乐曲风清新自然，节奏轻快。琵琶与古筝交织在一起的灵动旋律搭配上小铃的敲击声，生动地模仿出泉水汩汩的声响。

227

# 晓出净慈寺① 送林子方②

[宋] 杨万里

毕 竟 西 湖 六 月 中 ，
风 光 不 与 四 时③ 同 。
接 天④ 莲 叶 无 穷 碧 ，
映 日 荷 花 别 样⑤ 红 。

### 说字解词

① **净慈寺**：即净慈报恩光孝禅寺，杭州西湖湖畔的著名佛寺。
② **林子方**：诗人的朋友。
③ **四时**：本指春夏秋冬四季，这里指六月以外的时节。
④ **接天**：与天连接在一起。
⑤ **别样**：特别。

### 诗情画意

　　毕竟是西湖六月中的景色，风光与其他季节有所不同。碧绿的荷叶一望无际，仿佛与天相接，阳光映照下的荷花显得格外红艳美丽。

# 晓出净慈寺送林子方

[宋] 杨万里 词

王光明 曲

♩ = 88

1=D  4/4

5 5 5 6 5 3 2 1 | 3 - - - | 6 i 6 5 3 6̣ 3 | 2 - - - |
毕 竟 西 湖 六 月 中， 风 光 不 与 四 时 同。

2· 1 2 3 | 5 6 i 6 - | 5 6 5 3 2 1 2 | 1 - - - ‖
接 天 莲 叶 无 穷 碧， 映 日 荷 花 别 样 红。

## 诗乐和鸣

　　这是一首写景的七言绝句。诗人通过描写西湖优美的夏日风光，表达了自己对自然美景的喜爱，也流露出对好友的眷恋之情。音乐中竹笛悠扬的长线条旋律与扬琴、古筝等旋律交织在一起，为我们描绘了一幅迷人的西湖美景图。

# 宿新市徐公店

[宋] 杨万里

篱①落疏疏②一径③深，
树头新绿未成阴。
儿童急走④追黄蝶，
飞入菜花无处寻。

## 说字解词

① **篱**：篱笆。

② **疏疏**：稀疏。

③ **一径**：一条小路。

④ **急走**：奔跑。

## 诗情画意

稀稀落落的篱笆旁有一条小路通向远方。树头的花瓣已经纷纷凋落，但树上的新叶还未茂密成荫。一个小孩子奔跑着追赶一只黄色的蝴蝶，可是这只蝴蝶突然飞入菜花丛中，便再也找不到踪影了。

# 宿新市徐公店

[宋] 杨万里 词

王光明 曲

♩ = 117

1=D 4/4

3· 21 23 | 5 53 2 — | 2· 32 16 5 6 11 — |

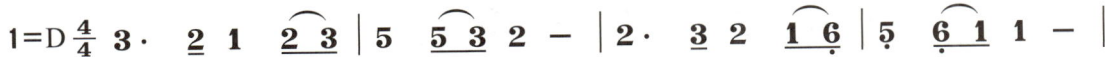

篱 落 疏 疏 一 径 深，树 头 新 绿 未 成 阴。

3· 53 21 | 2 23 2 — | 2· 32 16 5 6 11 — ‖

儿 童 急 走 追 黄 蝶，飞 入 菜 花 无 处 寻。

## 诗乐和鸣

　　这是一首描写春日田园景色的七言绝句，通过对人物和景物的生动描绘，刻画了一幅生机勃勃的田园春景图。音乐风格清新自然，旋律活泼灵动。竹笛清脆的旋律在木琴富有律动感的伴奏下，营造出轻松欢快的氛围。

# 春 日

[宋] 朱 熹

胜日①寻芳②泗水③滨④，
无边光景⑤一时新。
等闲⑥识得东风面，
万紫千红⑦总是春。

## 说字解词

① **胜日**：风和日丽的美好日子。

② **寻芳**：游玩赏景。

③ **泗水**：山东中部较大的一条河流。

④ **滨**：水边。

⑤ **光景**：美景。

⑥ **等闲**：随意，轻易。

⑦ **万紫千红**：百花齐放的美好景象。

## 诗情画意

　　风和日丽的美好日子到泗水河边游玩赏景，无限的风光美景一时间焕然一新。随时随地都能感受到春日和煦的东风拂面而来，百花盛开、万紫千红，到处都是春意盎然的迷人景色。

# 春　日

[宋] 朱　熹　词

王光明　曲

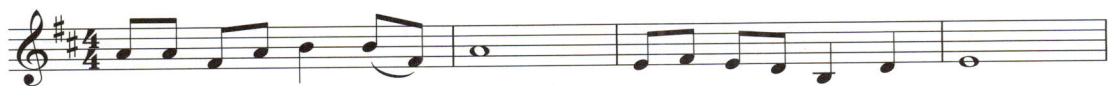

1=D 4/4

```
5  5  3 5  6    6  3 | 5 - - - | 2 3  2 1 6  1 | 2 - - - |
胜  日  寻 芳 泗 水    滨，      无 边 光 景 一  时   新。
```

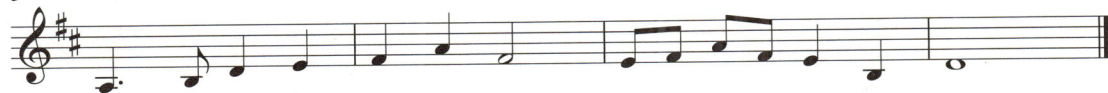

```
5· 6  1  2 | 3  5  3 - | 2 3  5 3 2  6 | 1 - - - ‖
等 闲 识 得 东  风  面   万 紫 千 红 总  是   春。
```

## 诗乐和鸣

　　这是一首借景喻理的七言绝句。诗人通过描写春天的美好景色，表达了自己追求理想的乐观态度。音乐风格清新活泼，多种乐器的音色相互映衬，伴随着欢快的节奏和跳跃性的音乐律动，让我们感受到一派鸟语花香、万紫千红的春日景象。

# 观书有感

[宋] 朱 熹

半亩方塘①一鉴开，
天光云影共徘徊。
问渠②那③得清如许？
为有源头活水④来。

## 诗情画意

半亩大的方形池塘像一面明亮的镜子呈现在眼前，天光和云影都被它映照在水面随波荡漾。要问这池塘里的水为什么如此的清澈，是因为有活水源源不断地流淌了进来。

# 观书有感

[宋] 朱 熹 词

王光明 曲

半亩方塘一鉴开，天光云影共徘徊。
问渠那得清如许？为有源头活水来。

## 诗乐和鸣

这是一首借景寓理的七言绝句。本诗通过对池水的描写，寓意做人要像水一样不断地完善和丰富自己，才能得到提高和进步。音乐风格抒情自然，古筝的花指和钢琴演奏的长线条分解和弦旋律相得益彰，表现了天光云影、碧波荡漾的美妙场景。

# 题临安①邸②

[宋] 林 升

山外青山楼外楼，
西湖歌舞几时休③？
暖风熏得游人醉，
直④把杭州作汴州⑤。

说字解词

① 临安：南宋的都城，今天的浙江省杭州市。

② 邸：这里指客栈。

③ 休：停止。

④ 直：简直。

⑤ 汴州：北宋的都城，今天的河南省开封市。

诗情画意

　　山外有青山，楼外有高楼，西湖边的歌舞何时才能停休？暖风将这些游人吹拂得如痴如醉，简直把杭州当作了故都汴州。

# 题临安邸

[宋] 林 升 词

王光明 曲

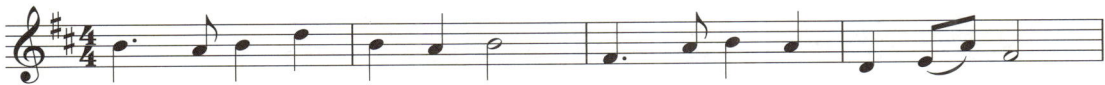

这是一首借讽刺西湖湖畔歌舞升平之景来抒发自己愤懑之情的题壁诗，表达了诗人对当政者不思收复失地而安于现状的不满。音乐中弦乐的颤音演奏使得音乐旋律更具动感，表现了西湖畔莺歌燕舞、纸醉金迷的奢华场景。

# 游园不值①

[宋] 叶绍翁

应②怜屐③齿印苍苔，
小扣柴扉④久不开。
春色满园关不住，
一枝红杏出墙来。

① **不值**：没有遇到。

② **应**：表示猜测，大概是。

③ **屐**：古代的一种木鞋。

④ **柴扉**：使用木柴、树枝编成的门。

**诗情画意**

　　主人应该是担心园子里的青苔会被别人的木屐踩坏，所以我轻轻地敲着柴门却许久也没人来开。但是这满园的春色是无法被关住的，一枝红色的杏花已经从墙头悄悄地伸了出来。

# 游园不值

[宋] 叶绍翁 词

王光明 曲

♩ = 88

1=D 4/4

| 3· | 2 | 3 | 5 | 3 | 2 | 3 | 2· | 3 | 2 | 1 | 6̣ | 1 | 2 |

应　怜　屐　齿　印　苍　苔，　小　扣　柴　扉　久　不　开。

3

| 3· | 2 | 3 | 5 | 6 | i | 6 | 5· | 6 | 5 | 3 | 2 | 3 | 1 |

春　色　满　园　关　不　住，　一　枝　红　杏　出　墙　来。

## 诗乐和鸣

　　这首七言绝句描写的是诗人春日游园时的所见所感。通过对景物的描写，表达了诗人喜悦的心情。音乐风格清新明丽，旋律悠扬。竹笛点缀性的颤音演奏与木琴跳跃性的旋律相映衬，营造了欢快灵动的音乐氛围。

# 夜书所见

[宋] 叶绍翁

萧萧①梧叶送寒声，
江上秋风动客情②。
知有儿童挑③促织④，
夜深篱落⑤一灯明。

## 说字解词

① **萧萧**：这里形容风吹梧桐叶发出的声音。
② **客情**：客居在外的思乡之情。
③ **挑**：挑弄，引动。
④ **促织**：蟋蟀，又名蛐蛐。
⑤ **篱落**：篱笆。

## 诗情画意

萧瑟的秋风吹动梧桐枝叶的声音让人感到阵阵寒意，江上吹来的秋风让客居在外的人不禁思念起自己的家乡。几个小孩子兴致勃勃地挑弄着蟋蟀，夜深人静之时篱笆下还点亮着一盏明灯。

# 夜书所见

[宋] 叶绍翁 词

王光明 曲

♩ = 100

1=D 4/4

萧　萧　梧　叶　送　寒　声，　江　上　秋　风　动　客　情。

知　有　儿　童　挑　促　织，　夜　深　篱　落　一　灯　明。

## 诗乐和鸣

　　这是一首感秋思乡诗。音乐曲调细腻静穆，委婉抒情。箫空灵低沉的音色表现了秋风的萧瑟与凄冷，木琴的分解和弦为主、副旋律做伴奏，增强了音乐的流动性，使整首乐曲表现出鲜明的抒情风格，表达了诗人客居在外的羁旅思乡之情。

241

# 乡村四月

[宋] 翁 卷

绿 遍 山 原①白 满 川②，
子 规③声 里 雨 如 烟。
乡 村 四 月 闲 人 少，
才 了④蚕 桑⑤又 插 田⑥。

## 说字解词

① **山原**：山地和平原。

② **川**：河流。

③ **子规**：即杜鹃鸟。

④ **才了**：刚刚完成。

⑤ **蚕桑**：种桑养蚕。

⑥ **插田**：插秧。

## 诗情画意

郁郁葱葱的绿色覆盖了大山和平原，大大小小的河流与天相接，白茫茫一片，天空中烟雨迷蒙，可以听到杜鹃鸟声声的啼叫。在这忙碌的乡村，四月里很少有人能得空闲，都是刚刚结束了种桑养蚕又要开始插秧种田。

# 乡村四月

[宋] 翁 卷 词

王光明 曲

♩ = 115

1=D 4/4

5· 5 5 6 | i 6 i 5 — | 6· i 6 5 | 3 2 1 3 — |

绿 遍 山 原 白 满 川, 子 规 声 里 雨 如 烟。

2· 2 2 3 | 5 5 6 5 — | 6· i 6 5 | 3 2 3 1 — ‖

乡 村 四 月 闲 人 少, 才 了 蚕 桑 又 插 田。

## 诗乐和鸣

　　这是一首意境优美的田园诗，描写了乡村田园的秀美风光，充满了浓郁的乡村气息。音乐风格清新自然，节奏明快。竹笛悠扬的旋律与木琴跳跃性的律动相搭配，营造了一种充满生机与活力的音乐氛围。

243

# 墨 梅①

[元] 王 冕

我 家 洗 砚 池②头 树，
朵 朵 花 开 淡 墨 痕。
不 要 人 夸 好 颜 色，
只 留 清 气③满 乾 坤④。

## 说字解词

① **墨梅**：用水墨画成的梅花。也有作"淡墨色的梅，是梅花中的珍品"。
② **洗砚池**：文人洗砚台的池塘。
③ **清气**：清香的气息，寓指纯洁的人品，高尚的节操。
④ **乾坤**：天地之间。

## 诗情画意

　　我家洗砚池边的那棵梅花树，朵朵花开仿佛都有淡淡的墨痕。不需要别人夸它好颜色，只希望能把清香之气播撒在天地之间。

# 墨 梅

[元] 王　冕　词

王光明　曲

♩ = 55

1=D 4/4

3. 5 6 5 6 5 3 2 3 ｜ 6 i 6 5 3 2 1 2 — ｜

我　家　洗　砚　池　头　树，　朵　朵　花　开　淡　墨　痕。

2. 1 2 3 5 5 3 2 ｜ 2 3 2 1 2 6 2 1 — ‖

不　要　人　夸　好　颜　色，　只　留　清　气　满　乾　坤。

**诗乐和鸣**

　　这是一首描写水墨梅花图的七言绝句。寓意诗人淡泊名利，不愿与世俗同流合污的高洁品质。音乐旋律悠扬，节奏舒缓。钢琴的旋律作为音乐的开端与古筝的旋律相配合，表现了洗砚池中水波荡漾的场景。

# 天净沙① · 秋

[元] 白 朴

孤村落日残霞②，
轻烟老树寒鸦③，
一点飞鸿④影下。
青山绿水，
白草⑤红叶⑥黄花⑦。

## 说字解词

① 天净沙：曲牌名，属北曲越调，又名"塞上秋"。
② 残霞：即将消逝的晚霞。
③ 寒鸦：寒冷天气里的乌鸦。
④ 飞鸿：高飞的鸿雁。
⑤ 白草：枯萎而未凋谢的草。
⑥ 红叶：枫叶。
⑦ 黄花：菊花。

## 诗情画意

　　暮色将至，天边的晚霞渐渐消逝，落日的余辉映照着远处安静孤寂的村庄。轻烟飘荡中，几只乌鸦栖息在佝偻的老树上。远处的一只大雁飞掠而下，划过天际。青山绿水，景色秀丽，霜白的小草、火红的枫叶、金黄的花朵，一起随风摇曳，看起来分外艳丽妖娆。

# 天净沙·秋

[元] 白 朴 词

王光明 曲

♩ = 92

1=D 4/4

| 5· 5 6 5 3 | 2· 3 2 — | 2 1 2 6̣ 1 | 5· 3 2 — |
孤 村 落 日 残　　霞，轻 烟 老 树 寒 鸦，

| 2 3 2 1 2 6̣ | 1 — — — | 5̣· 6̣ 1 3 | 2 3 2 1 2 3 | 1 — — — ‖
一 点 飞 鸿 影　　下。青 山 绿 水，白 草 红 叶 黄　　花。

---

**诗乐和鸣**

　　这是一首描写秋景的散曲。音乐中钢琴的分解和弦伴奏旋律，表现了明显的抒情风格。箫婉转的辅助旋律为古筝弹奏的主旋律增加了层次感和艺术性。随着音乐的推进，秋景由萧瑟寂寥逐渐变为清新明朗，让人顿感心旷神怡，这也表达了作者积极向上的乐观心态。

# 画 鸡

[明] 唐 寅

头 上 红 冠 不 用 裁①，
满 身 雪 白 走 将 来。
平 生② 不 敢 轻③ 言 语④，
一 叫 千 门 万 户 开。

**说字解词**

① 裁：剪裁。

② 平生：平时，平常。

③ 轻：轻易。

④ 言语：这里指雄鸡的啼鸣，也喻指人说的话，发表自己的观点。

**诗情画意**

　　它天生头上就戴有红冠，不用别人为它剪裁，它身披雪白的羽毛雄纠纠地走过来。它平时从来不敢轻易鸣叫，一旦开口，千家万户就都要应声敞开自家的大门了。

# 画 鸡

[明] 唐 寅 词

王光明 曲

♩ = 53

1=D 4/4

| 5· 6 | 1 2 | 3 2 3 | 1 | 2· 3 2 | 1 6 1 2 | 5 |

头 上 红 冠 不 用 裁， 满 身 雪 白 走 将 来。

3

| 6· 5 6 3 | 2 1 2 6 | 2· 3 2 1 | 6 1 2 1 | 1 |

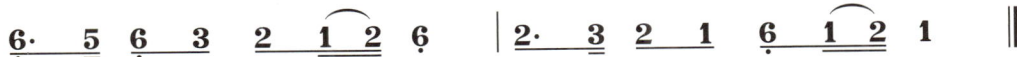

平 生 不 敢 轻 言 语， 一 叫 千 门 万 户 开。

## 诗乐和鸣

这是一首著名的题画诗，赞颂了雄鸡不鸣则已、一鸣惊人的独特个性和品格，衬托了诗人内心的境界和情怀。音乐前奏与间奏以琵琶作为主要旋律乐器，通过与主歌中木琴跳跃性的二音音型律动相呼应，形象地刻画了雄鸡俊美高洁的形象和优雅自信的姿态。

# 石灰吟

[明] 于 谦

千 锤①万 凿②出 深 山，
烈 火 焚 烧 若 等 闲③。
粉 骨 碎 身 浑 不 怕，
要 留 清 白④在 人 间。

## 说字解词

① **锤**：用铁锤敲击。

② **凿**：开凿。

③ **等闲**：寻常，平常。

④ **清白**：指石灰洁白的本色，比喻人的高尚情操。

## 诗情画意

经过了千锤万凿才从深山中开采出来，把烈火焚身的淬炼也看成极为平常的事。即使是粉身碎骨也毫不惧怕，只求自己的一身清白能够留在人间。

250

# 石灰吟

[明] 于 谦 词

王光明 曲

♩ = 53

1=D 4/4

| i· | 5 | 6 | 3 | 2 | 1 | 2 | 3 | 5 | 6· | 1 | 2 | 1 | 5 | 5 | 2 | 3 |

千 锤 万 凿 出 深 山， 烈 火 焚 烧 若 等 闲。

3

| 2· | 3 | 2 | 1 | 2 | 2 | 3 | 5 | 6 | 5 | 3 | 5 | 2 | 6· | 5 | 1 | — |

粉 骨 碎 身 浑 不 怕， 要 留 清 白 在 人 间。

## 诗乐和鸣

　　这是一首托物言志的七言绝句，表达了诗人高洁的志向和不怕牺牲的无畏精神。乐曲富有激情，弦乐极具动力性的切分节奏与主旋律相配合，增强了音乐整体的层次感和艺术性，表达了诗人为社稷苍生不惜粉身碎骨的坚定意志和决心。

251

# 竹 石①

[清] 郑 燮

咬定②青山不放松，
立根③原在破岩④中。
千磨万击⑤还坚劲⑥，
任尔⑦东西南北风。

---

**说字解词**

① **竹石**：生长在石缝中的竹子。
② **咬定**：深深扎根，非常牢固的意思。
③ **立根**：扎根。
④ **破岩**：开裂的岩石缝隙。
⑤ **击**：打击。
⑥ **坚劲**：坚韧挺拔。
⑦ **任尔**：任凭你。

---

**诗情画意**

　　紧紧咬住青山绝不放松，原来是深深扎根在石缝之中。经历千磨万击还依然坚韧挺拔，任凭你刮过来的是东西南北风。

# 竹 石

[清] 郑 燮 词

王光明 曲

♩ = 110

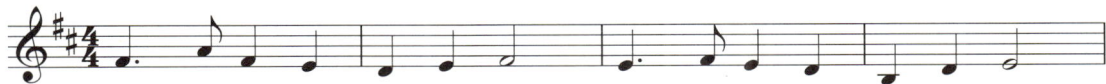

1=D 4/4

3· 5 3 2 | 1 2 3 — | 2· 3 2 1 | 6̣ 1 2 — |

咬　定青山　不　放松，　　立　根原在　破　岩中。

3· 2 3 5 | 6 i 6 — | 5· 6 5 3 | 2 6̣ 1 — ‖

千　磨万击　还　坚劲，　　任　尔东西　南　北风。

## 诗乐和鸣

　　这是一首咏物言志的题画诗。音乐风格铿锵有力，节奏稳健。竹笛、古筝和扬琴先后在高声部进入，运用带有调式偏音的分解和弦伴奏与主旋律相呼应，增强了音乐的动力性，表现了诗人坚守正气、不被外力所左右的铮铮铁骨。

253

# 所见①

[清] 袁 枚

牧 童 骑 黄 牛，
歌 声 振②林 樾③。
意 欲④捕 鸣 蝉，
忽 然 闭 口 立⑤。

## 说字解词

① 所见：所看到的。

② 振：响彻。

③ 林樾：指路旁成荫的树。

④ 意欲：准备，想要。

⑤ 闭口立：闭上嘴巴，站起来。

## 诗情画意

牧童骑在黄牛背上，嘹亮的歌声在林中回荡。忽然想要捕捉树上鸣叫的知了，就马上停止了唱歌，一声不响地站立在树旁。

# 所 见

[清] 袁 枚 词

王光明 曲

♩ = 132

1=D 4/4

```
5·  6 i  6 i | 5 - - - | 6·  i 6  5 3 | 2 - - - |
牧  童 骑 黄 牛，    歌  声 振 林 樾。
```

5

```
2·  1 2 3 | 5 6 i 5 - | 2 i 6 5 6 i | 5 - - - ‖
意  欲 捕 鸣 蝉，  忽 然 闭 口 立。
```

## 诗乐和鸣

　　这是一首描写童趣生活的五言绝句。歌曲通过跳跃性的旋律表现出轻松欢快的音乐风格。在音乐中加入八音盒的音色对主旋律进行点缀，增强了音乐的灵动感，将一个天真烂漫、快乐无忧的牧童形象刻画得活灵活现。

# 村 居

[清] 高 鼎

草长①莺②飞二月天，
拂③堤杨柳醉春烟④。
儿童散学归来早，
忙趁东风放纸鸢。

## 说字解词

① 草长：春草发芽生长。
② 莺：黄莺。
③ 拂：轻轻抚过。
④ 春烟：春天水泽、草木间蒸发形成的烟雾般的水汽。

## 诗情画意

　　早春二月草木发芽，鸟儿也欢快地飞来飞去，杨柳轻轻地随风拂过堤岸，陶醉在这蒙蒙的春烟之中。早早放学归来的孩子们，趁着这和暖的东风，放起了一只只美丽的风筝。

# 村 居

[清] 高 鼎 词
王光明 曲

♩ = 115

1=D 4/4

5 6 i 6 5 5 6 | 5 - - - | 6 i 6 5 3 2 3 | 2 - - - |
草 长 莺 飞 二 月 天， 拂 堤 杨 柳 醉 春 烟。

2· 3 5 3 | 2 2 3 6̣ - | 5 6 5 3 2 1 2 | 1 - - - ‖
儿 童 散 学 归 来 早， 忙 趁 东 风 放 纸 鸢。

**诗乐和鸣**

　　这是一首描写田园春景的七言绝句，描绘了乡村的美好风光和孩子们嬉戏的快乐场景。音乐中竹笛悠扬的旋律在古筝的分解和弦伴奏下，表现了春天的勃勃生机。

257

# 舟夜书所见

[清] 查慎行

月 黑 见 渔 灯，
孤 光① 一 点 萤。
微 微 风 簇② 浪，
散 作 满 河 星。

**说字解词**

① **孤光**：孤零零的灯光。
② **簇**：拥起，泛起。

**诗情画意**

　　漆黑不见月光的夜晚，只有那孤独的渔灯像是一点萤火，点亮在茫茫的夜色之中。微风吹过，河水泛起层层波浪，渔灯的倒影在水面随波漂散，好似河面上撒满了点点的繁星。

# 舟夜书所见

[清] 查慎行 词

王光明 曲

♩ = 110

1=D 4/4

```
3·  5 3  2 1 | 2 - - - | 6·  1 2  3 5 | 3 - - - |
月   黑 见  渔 灯，       孤  光 一  点 萤。

6·  5 6  3 | 2 - - - | 2  3 5 3  2 3 | 1 - - - |
微   微 风  簇 浪，      散 作  满 河  星。
```

**诗乐和鸣**

这是一首描写美妙夜景的五言绝句。诗人运用动静结合的方法，通过对河面上渔火倒影的描绘，呈现了一幅瑰丽的水上夜景图。音乐巧妙地通过钢琴的上行分解和弦、贝斯的低音支持以及色彩性打击乐器的相互配合，营造了一种唯美抒情的音乐氛围。

# 己亥杂诗

[清] 龚自珍

九州生气恃①风雷，
万马齐喑②究可哀③。
我劝天公④重抖擞⑤，
不拘一格降人才。

**说字解词**

① 恃：倚仗，依靠。

② 喑：沉默。

③ 哀：悲哀。

④ 天公：苍天。

⑤ 抖擞：振作精神。

**诗情画意**

　　九州大地的蓬勃向上要依靠风雷，万马无声一般死气沉沉的局面毕竟令人悲哀。我奉劝苍天能重新振作起来，打破常规让更多杰出的人才涌现出来。

# 己亥杂诗

[清] 龚自珍 词

王光明 曲

1=D 4/4

♩ = 104

5· 6 5 3 2 1 2 3 | 2 2 2 3 2 1 6 2 — |
九 州 生 气 恃 风 雷， 万 马 齐 暗 究 可 哀。

5· 6 1 2 3 2 3 1 | 2 2 2 3 2 1 2 1 — |
我 劝 天 公 重 抖 擞， 不 拘 一 格 降 人 才。

## 诗乐和鸣

　　这是一首气势磅礴的七言绝句，通过描写诗人心中对人才的渴望，揭示了诗人对社会现实的不满和对未来的憧憬与期望。音乐风格慷慨激昂，竹笛高音区演奏的旋律极富感染力，弦乐长时值的顿弓也极大地增强了音乐的动力性，表达了诗人对人才涌现和国家振兴的强烈渴望。

# 画

佚 名

远 看 山 有 色①，
近 听 水 无 声。
春 去 花 还 在，
人 来 鸟 不 惊②。

## 说字解词

① 色：色彩，也有景色之意。
② 惊：惊飞。

## 诗情画意

　　远看青山有丰富明亮的色彩，近听流水却没有一点声响。春天虽然已经过去，但百花依然争奇斗艳，竞相开放。即使人已经走近，可是也不会惊飞那停在枝头的小鸟。

# 画

佚 名 词

王光明 曲

♩ = 100

1=D 4/4

| 5 | 5 6 | i 6 | 5 | — | 2 | 2 3 | 6 1 | 2 | — |

远　看　山　有　色，　　近　听　水　无　声。

| 6 | 1 | 2 3 | 5 | 5 | 5 6 | 2 | 3 | 5 | — |

春　去　花　还　在，　　人　来　鸟　不　惊。

## 诗乐和鸣

　　这是一首描写画中景物的诗。诗人借描写一幅画作，表达了对现实与虚幻的思考，寓理于物，意味深长。乐曲中古筝和扬琴交织在一起的舒缓旋律在钢琴级进音组的点缀下，营造了一种虚幻缥缈的音乐意境。

# 三字经（其一）

[宋] 王应麟 词

王光明 曲

♩ = 66

1=D 4/4

5 5 5　6 3 5 ｜ 1 2 1　5 1 2 ｜ 6̣ 1 6̣　5 1 2 3 ｜

人 之 初，性 本 善。 性 相 近， 习 相 远。 苟 不 教， 性 乃 迁。

2 2 2· 3 2 1 2 1 ｜ 5 5 3　2 3 1 ｜ 6̣ 1 6̣　5 1 2 ｜

教 之 道， 贵 以 专。 昔 孟 母， 择 邻 处。 子 不 学， 断 机 杼。

6̣ 1 6̣　5 1 2 3 ｜ 2 2 2· 3 2 1 2 1 ‖

窦 燕 山， 有 义 方。 教 五 子， 名 俱 扬。

264

# 百家姓（其一）

[宋] 佚 名 词

王光明 曲

1=D 4/4

5· 5 6 5 | 5 1 2 3 - | 6 3 6 1 | 2 2 3 5 - |

赵　钱孙李，周吴郑王。　冯陈褚卫，蒋沈韩杨。

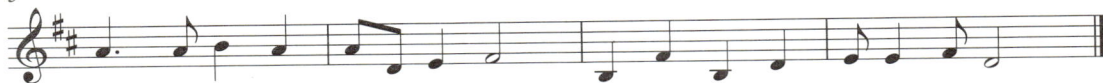

5· 5 6 5 | 5 1 2 3 - | 6 3 6 1 | 2 2 3 1 - ‖

朱　秦尤许，何吕施张。　孔曹严华，金魏陶姜。

# 千字文（其一）

[南北朝] 周兴嗣 词

王光明 曲

♩ = 80

1=D 4/4

6· 5 3 2 3 - | 3· 2 1 2 1 - | 2· 3 5 3 2 3 5 | 6 - - - |

天 地 玄 黄， 宇 宙 洪 荒。 日 月 盈 昃，辰 宿 列 张。

6· 5 3 2 3 - | 3· 2 1 2 1 - | 2· 3 5 3 2 3 5 |

寒 来 暑 往， 秋 收 冬 藏。 闰 余 成 岁，律 吕 调

6 - - - | 2· 3 2 1 2 3 i | 6 - - - ‖

阳。 云 腾 致 雨，露 结 为 霜。

266

# 弟子规·总叙

[清] 李毓秀 词

王光明 曲

♩ = 70

1=D 2/4

5 6 1 | 3 2 1 | 5 6 5 | 5 1 2

弟 子 规， 圣 人 训。 首 孝 悌， 次 谨 信。

3 5 6 | 5 3 2 1 | 2 2 3 5 | 3 2 3 1

泛 爱 众， 而 亲 仁。 有 余 力， 则 学 文。

# 声律启蒙·一东（其一）

[清] 车万育 词

王光明 曲

♩ = 88

1=D 4/4  1 3 5 - | 6 5 3 - | 2 3̆5̆3 2̆1 | 2 - - - | 2̆3̆2̆1̆2 - |

云 对 雨， 雪 对 风， 晚 照 对 晴 空。 来 鸿 对 去 雁，

2̆3̆2̆6̆1 - | 5̲6̲1 2̲3̲5 | 6̲5̲3̲6̲5 - | 2̲3̲5̲3̲2 - |

宿 鸟 对 鸣 虫。 三 尺 剑， 六 钧 弓， 岭 北 对 江 东。 人 间 清 暑 殿，

2̆3̆2̆6̆1 - | 5̲6̲1̲2̲3̲5̲3 | 2̲3̲5̲3̲6̲5̲3 |

天 上 广 寒 宫。 两 岸 晓 烟 杨 柳 绿， 一 园 春 雨 杏 花 红。

1 2 3 5 | 2̲3̲5̲6̲5̲3· | 2̲3̲2̲1 | 6̆3̆2̆6̆2̆1· ‖

两 鬓 风 霜， 途 次 早 行 之 客。 一 蓑 烟 雨， 溪 边 晚 钓 之 翁。

268